Zu diesem Buch

«Ein ‹sehr lesbares› und sehr lesenswertes Buch, vierzig Jahre alt und gleichwohl aktuell, von einem der großen Autoren unseres Jahrhunderts» («Frankfurter Rundschau»).

«Ein überaus spannendes Buch, man wird gepackt bei der Lektüre, die ganze Zeit wird präsent und die Gewissenskonflikte, die diese Zeit mit sich gebracht hat; und keiner kann Gewissenskonflikte sezieren und beschreiben wie Graham Greene. Die Sprache ist bei allem harten Geschehen seltsam zart und zartfühlend; dazu bekenntnishaft und engagiert» (Österreichischer Rundfunk).

Graham Greene wurde am 2. Oktober 1904 in Berkhamsted geboren. In Deutschland ist er vor allem durch seinen Film-Erfolg «Der dritte Mann» (rororo Nr. 211) bekannt geworden. Durch persönliche Erlebnisse veranlaßt, trat er zur katholischen Kirche über. Ekel vor der Sinnlosigkeit des äußeren Lebens sowie die illusionslose Sachlichkeit der Darstellung verbinden ihn dem Existentialismus Jean-Paul Sartres wie dem Realismus eines Ernest Hemingway.

Als rororo-Taschenbücher liegen von Graham Greene außerdem vor: «Die Kraft und die Herrlichkeit» (Nr. 91), «Der stille Amerikaner» (Nr. 284), «Heirate nie in Monte Carlo» (Nr. 320), «Unser Mann in Havanna» (Nr. 442), «Die Stunde der Komödianten» (Nr. 1189), «Leihen Sie uns Ihren Mann?» (Nr. 1278), «Die Reisen mit meiner Tante» (Nr. 1577), «Eine Art Leben» (Nr. 1671), «Das Ende einer Affäre» (Nr. 1787), «Schlachtfeld des Lebens» (Nr. 1806), «Ein Sohn Englands» (Nr. 1838), «Zentrum des Schreckens» (Nr. 1869), «Der Honorarkonsul» (Nr. 1911), «Das Attentat» (Nr. 1928), «Orientexpress» (Nr. 1979), «Kleines Herz in Not» (Nr. 4051), «Jagd im Nebel» (Nr. 4093), «Zwiespalt der Seele» (Nr. 4177), «Am Abgrund des Lebens» (Nr. 4249), «Lord Rochesters Affe» (Nr. 4307), «Ein ausgebrannter Fall» (Nr. 4329), «Der menschliche Faktor» (Nr. 4693), «Erzählungen» (Nr. 4749), «Dr. Fischer aus Genf» (Nr. 5051), «Fluchtwege» (Nr. 5285), «Das Herz aller Dinge» (Nr. 5450), «Monsignore Quijote» (Nr. 5453), «Gespräche mit Marie-Françoise Allain» (Nr. 5613) und «Mein Freund, der General» (Nr. 5807).

GRAHAM GREENE

Der zehnte Mann

ROMAN

Aus dem Englischen
von Hans W. Polak und
Alexandra Auer

ROWOHLT

Veröffentlicht im Rowohlt Taschenbuch Verlag GmbH,
Reinbek bei Hamburg, Oktober 1987

Titel der englischen Ausgabe: «The Tenth Man»

Umschlaggestaltung Werner Rebhuhn
Satz Garamond (Linotron 202)
Gesamtherstellung Clausen & Bosse, Leck
Printed in Germany
780-ISBN 3 499 12116 6

Vorwort

I

1948, als ich an dem Roman *Der dritte Mann* arbeitete, muß ich eine Geschichte total vergessen haben, die den Titel *Der zehnte Mann* trug und irgendwo in den amerikanischen Archiven von Metro Goldwyn Mayer dahintickte wie eine Zeitbombe.

1983 erhielt ich aus den USA einen Brief, in dem ein Unbekannter mir mitteilte, daß MGM eine von mir verfaßte Geschichte mit dem Titel *Der zehnte Mann* einem amerikanischen Verlag zum Kauf angeboten habe. Ich nahm die Sache nicht ernst. Ich glaubte mich an eine Ideenskizze zu erinnern – fälschlicherweise, wie sich herausstellen sollte –, die ich kurz nach Kriegsende auf Grund eines Vertrages mit meinem Freund Ben Goetz, dem Repräsentanten der MGM in London, geschrieben hatte. Dieser Entwurf hatte nicht mehr als zwei Maschinschreibseiten umfaßt, weshalb wohl kaum Gefahr bestand, er könnte veröffentlicht werden, zumal die Geschichte nie verfilmt worden war.

Ich hatte diesen Vertrag, als ich mich nach Kriegsende aus dem Staatsdienst zurückzog, nur deshalb unterzeichnet, weil meine prekäre finanzielle Lage meine Familie in Schwierigkeiten zu bringen drohte. Vor dem Krieg war es mir nicht gelungen, ihren Lebensunterhalt allein aus den Honoraren für meine Romane zu bestreiten. Bis 1938, als von *Abgrund des Lebens* 8000 Exemplare verkauft wurden, was mein Konto vorübergehend sanierte, hatte ich immer Schulden bei meinem Verlag gehabt. Der Roman *Die Kraft und die Herrlichkeit*, der ziemlich genau zum Zeitpunkt der Invasion in einer Auflage von 3500 Stück erschien, hatte meine Lage natürlich kaum verbessert. Ich setzte also wenig Hoffnung in meine Zukunft als Schriftsteller und war 1945 froh über den, wie sich später herausstellen sollte, an Sklaverei grenzenden Vertrag mit MGM, weil unser Lebensunterhalt dank der Idee zum «zehnten Mann» damit wenigstens für ein paar Jahre gesichert war.

Nun kam plötzlich die überraschende und beunruhigende Nachricht, der Verlag Anthony Blond habe für eine ziemlich hohe Summe sämtliche Buch- und Abdrucksrechte an dieser geheimnisvollen Geschichte gekauft, für die natürlich MGM die Autorenhonorare kassieren sollte. Um mir Gelegenheit zu etwaigen von mir gewünschten Korrekturen zu geben, schickte der Verleger mir höflicherweise das Manuskript, und dabei stellte sich heraus, daß es sich nicht um eine zweiseitige Ideenskizze, sondern um einen abgeschlossenen Kurzroman von etwa 150 Seiten handelte. Was mich daran am meisten überraschte und zugleich bekümmerte, war, daß ich diese vergessene Geschichte sehr lesbar fand – tatsächlich gefällt sie mir in mancher Beziehung besser als *Der dritte Mann* –, so daß ich eigentlich keinen Grund sah, gegen eine Veröffentlichung des Buches Einspruch zu erheben, selbst wenn ich das Recht dazu gehabt hätte, was jedoch sehr zweifelhaft war. Großzügigerweise erklärte sich der Verleger Anthony Blond aber bereit, den Roman gemeinsam mit meinem englischen Stammverlag, The Bodley Head, herauszubringen.

Kaum war dies alles freundschaftlich abgesprochen, häufte sich Rätsel auf Rätsel. In Paris entdeckte ich in einem Schrank durch Zufall eine alte Pappschachtel, die zwei Manuskripte enthielt: das eine war ein Tagebuch landläufiger Art, das ich anscheinend in den Jahren 1937 und 1938 geführt hatte. Unter dem Datum 26. Dezember 1937 stieß ich auf die folgende Eintragung: «Mit Menzies (einem amerikanischen Regisseur) Filmplan besprochen. Zwei Ideen für künftige Filme. Erstens: Eine politische Situation wie in Spanien. Ein Dezimierungsbefehl. Im Gefängnis lassen zehn Männer durch Streichhölzerziehen das Los sprechen. Ein Reicher zieht das kürzeste Streichholz. Er bietet sein gesamtes Vermögen demjenigen, der sich für ihn opfert. Einer geht darauf ein, seiner Familie zuliebe. Der ehemals reiche Mann sucht später, nach seiner Entlassung, anonym jene Familie auf, die jetzt sein Vermögen besitzt, während er nichts mehr hat als sein Leben...»

Nur das Skelett einer Story, mehr nicht. Aus heutiger Sicht könnte man meinen, die vier Punkte, mit denen die Eintragung schließt, stünden für die folgenden vier Kriegsjahre in Frankreich, im Verlaufe derer sich jede Erinnerung an den bescheidenen Einfall im Unbewußten verlor. Als ich die Geschichte von Chavel und Janvier im Jahr 1944 wiederaufnahm, muß ich wohl geglaubt haben, es handle sich um eine Story, die mir eben erst eingefallen war, während ich heute nur annehmen kann, daß jene beiden Hauptfiguren tief in der dunklen Höhlenwelt des Unbewußten weitergelebt hatten, während draußen die Welt in Flammen stand.

Die unerwartete Wiederkehr des «zehnten Mannes» aus den Archiven von MGM führte auch zu einer Suchaktion in meinen eigenen Archiven, wo ich zwei weitere Filmideen entdeckte, die die Leser dieses Buches vielleicht amüsieren werden.

Der erste der beiden Entwürfe (den ich jetzt gar nicht so schlecht finde, obwohl nichts daraus wurde) trug den Titel «Jim Braddon und der Kriegsverbrecher».

Hier nun das Exposé – eine bis heute nicht ganz veraltete Geschichte, in Anbetracht des bevorstehenden Prozesses gegen Barbie.

2

EINER alten Legende zufolge hat jedermann irgendwo auf der Welt einen Doppelgänger. Dies ist die seltsame Geschichte des Jim Braddon:

Jim Braddon war der tüchtige Vertreter einer Cornflakes-Firma in Philadelphia: ein geradliniger, stiller Mensch, der keinem Lebewesen etwas zuleide getan hätte, das größer war als eine Mücke. Er hatte eine Frau und zwei Kinder, die er verwöhnte. Der Weltkrieg betraf ihn kaum, denn er war über vierzig und seine Arbeitgeber erklärten ihn für unentbehrlich. Aber er begann Deutsch zu lernen – eine seiner Großmütter war gebürtige Deutsche gewesen –, weil er dachte, es könnte sich eines Tages als nützlich erweisen, und darin bestand eigentlich die einzige Veränderung seiner Lebensgewohnheiten zwischen 1941 und 1945. Hin und wieder sah er in der Zeitung ein Foto von Schreiber, dem Generalinspektor der Nazi-Konzentrationslager, doch davon abgesehen, daß eines seiner Kinder behauptete, eine gewisse Ähnlichkeit zwischen ihm und diesem Nazi festzustellen, gab es niemanden, der darüber auch nur ein Wort verloren hätte.

Im Herbst 1945 gestand der Kommandant eines erbeuteten U-Bootes, daß er Schreiber an der Küste Mexikos an Land gesetzt hätte, und der Film beginnt mit einer Szene an einem mexikanischen Strand; man sieht ein gekentertes Gummirettungsboot und, im seichten Wasser erkennbar, die Leiche Schreibers. Die Ebbe setzt ein, und die Landkrabben kriechen aus ihren Löchern hervor. Doch die Jagd auf den verschwundenen Schreiber geht weiter, denn die Krabben werden bald alles, was von ihm blieb, aus der Welt geschafft haben.

Auch der Wirtschaftsaufschwung der Nachkriegszeit geht weiter, und Braddon wird von seiner Firma auf eine Geschäftsreise nach Mittel- und Südamerika geschickt. Im Flugzeug blättert er in einer Nummer der Zeitschrift *Life* und liest darin eine Reportage über die Jagd nach dem verschwundenen Schreiber. Sein Sitznachbar, ein kleiner, ernsthafter, bebrillter Mensch voller pseudowissenschaftlicher Theorien, macht ihn auf seine Ähnlichkeit mit dem Gesuchten aufmerksam. «Ihnen fällt das nicht auf», sagt er. «Wenn es einem unter zehntausend auffällt, ist das schon viel, denn was wir für gewöhnlich unter Ähnlichkeit verstehen, bezieht sich nicht auf die Gesichts- oder Schädelform, sondern auf den Schleier, den die Erlebnisse und der Charakter eines Menschen über seine Züge breiten. Sie sehen aus wie Schreiber, aber keiner merkt das, weil Sie ein ganz anderes Leben geführt haben als er. Das kann zwar die Form Ihrer Ohren nicht verändern, aber das, worauf die Menschen achten, ist der Ausdruck der Augen.» Abgesehen von seinem Kind, das ihn verulken wollte, ist er der einzige Mensch, der die Ähnlichkeit bemerkt hat. Zum Glück für Braddon – und zu seinem eigenen Glück – verläßt der Fremde das Flugzeug bei der nächsten Zwischenlandung. Auf halbem Weg nach Mexico City stürzt das Flugzeug ab, und niemand außer Braddon überlebt das Unglück.

Braddon ist herausgeschleudert worden. Sein linker Arm ist gebrochen, er hat Schnittwunden im Gesicht erlitten, und er hat durch den Schock sein Gedächtnis verloren. Der Unfall hat sich nachts ereignet, und vorsichtshalber hatte er – denn er ist ein sehr ordnungsliebender Mensch – alle seine Taschen geleert und seine Geschäftspapiere in der Aktentasche versperrt, die natürlich verlorengegangen ist. Als er wieder zu Bewußtsein kommt, ist seine Identität nur noch an seinen Gesichtszügen zu erkennen, und diese teilt er mit einem Toten. Er durchsucht seine Taschen nach einem Hinweis, findet darin jedoch nichts, was ihm weiterhelfen könnte: nur ein bißchen Kleingeld und in jeder seiner Jackentaschen ein Buch. Eines ist eine Broschurausgabe von Heine-Gedichten, das andere ein amerikanisches Taschenbuch. Er stellt fest, daß er beide Sprachen lesen kann. Als er seine Jacke sorgfältig durchsucht, entdeckt er, in das Jackenfutter eingenäht, ein Bündel nagelneuer Zehn-Dollar-Scheine.

Es erübrigt sich, in diesem kurzen Handlungsabriß seine nun folgenden Abenteuer im Detail auszuarbeiten: irgendwie gelangt er bis zu einer Landstraße und besteigt einen Zug nach Mexico City. Er hat vor, so schnell wie möglich ein Krankenhaus aufzusuchen, doch im Waschraum des Bahnhofs erblickt er neben dem Spiegel ein dort ausgehängtes Foto Schreibers und den polizeilichen Steckbrief in spanischer und englischer Sprache. Vielleicht haben die Erlebnisse der letzten Tage seine Gesichtszüge verhärtet, denn jetzt erkennt auch er die Ähnlichkeit. Er glaubt zu wissen, wie er heißt. Sein Gesicht nimmt nun einen veränderten Ausdruck an – den des Gejagten.

Er weiß nicht, wohin er gehen oder was er tun soll; er erschrickt vor jedem Polizisten; durch seine Heimlichtuerei erregt er Aufmerksamkeit, und schon bald berichten die Zeitungen, Schreiber sei in Mexico City gesehen worden. Er läßt sich einen Bart wachsen und verliert dadurch die letzte Ähnlichkeit mit dem alten Jim Braddon.

Vorübergehend wird er von Schreibers Freunden aufgenommen, einer faschistischen Gruppe, für die Schreiber Empfehlungsschreiben bei sich getragen hatte und die seine Ankunft erwarten. Unter ihnen gibt es ein Geschwisterpaar – einen kleinen, sadistischen, glotzäugigen Mexikaner, den wir wegen seiner Ähnlichkeit mit Peter Lorre Peter nennen wollen, und seine schlaue, schöne, raffinierte Schwester, die wir aus verständlichen Gründen der Rollenbesetzung Lauren nennen wollen. Lauren macht es sich zur Aufgabe, Jim dabei zu helfen, sein Gedächtnis wiederzufinden – jenes Gedächtnis, das Schreiber ihrer Meinung nach besitzen *sollte*. Die beiden verlieben sich ineinander: sie rückhaltslos und in der Überzeugung, sie wüßte das Schlimmste von diesem Mann; er mit einer gewissen Reserve, die ihm selbst unerklärlich ist.

Peter dagegen ist von unverbesserlicher Sorglosigkeit. Weil seine sadistische Lust an Schmerz und Gewalt ihn alle Vorsicht vergessen läßt, ereignet sich etwas, das noch auszuarbeiten ist, und Jim fällt der mexikanischen Polizei in die Hände, während die anderen fliehen können.

Über schlechte Behandlung kann Schreiber sich nicht beklagen. Auch Jim beklagt sich nicht. Er erinnert sich nicht an seine Verbrechen, findet sich jedoch mit der Tatsache ab, sie begangen zu haben. Die Polizei zwingt ihn, sich einen Film über Buchenwald anzusehen, und voll Schrecken und Scham sieht er die nackten, ausgemergelten Opfer Schreibers. Den Gedanken an Flucht hat er endgültig aufgegeben. Er ist bereit zu sterben.

Er wird nach Norden abtransportiert und den amerikanischen Behörden ausgeliefert, und die Ermittlungen gegen ihn beginnen. Das Gesicht des nun bärtigen Schreiber taucht wiederholt in der Presse auf. Seine Familie sieht, wie viele andere Menschen auch, das Foto, aber keiner kommt auch nur für einen Augenblick auf den Gedanken, dies könnte Jim sein.

Bei dem Prozeß jedoch befindet sich unter den Zuschauern auch der kleine bebrillte Pseudo-Psychologe, der mit Jim im selben Flugzeug saß. Er erkennt zwar Jim nicht, doch Schreiber erstaunt ihn (Schreiber verhält sich nicht seinem Charakter entsprechend), und ihm fällt wieder ein, was er zu dem Mann im Flugzeug sagte, daß nämlich Ähnlichkeit keine Frage der Schädelabmessungen, sondern eine Frage des Ausdrucks ist. Den Ausdruck von Entsetzen und Reue hätte er auf Schreibers Zügen nicht erwartet. Dieser Mann behauptet, das Gedächtnis verloren zu haben, und doch leugnet er nichts. Angenommen, man hätte einen Mann verhaftet, der einfach nur ähnliche Schädelabmessungen aufweist...?

Inzwischen reisen Peter und Lauren, die der Polizeifalle entkommen sind, in die Jim getappt ist, nach Norden. Sie planen seine Befreiung. Wie ihr Plan aussieht, weiß ich selbst noch nicht. Es ist eine gewaltsame Verzweiflungstat, und ihre Verwirklichungschancen stehen nur eins zu hundert. Doch die Sache gelingt. Jim wird mitten aus dem Gerichtssaal entführt, und wieder beginnt die Jagd auf ihn. Aber wir befinden uns nun nicht mehr in Mexiko, und so dauert die Jagd nicht lange. In einer Vorstadtvilla gehen sie in die Falle.

Peter hat jedoch Geiseln genommen: eine Frau und ihr Kind, die sich in dem Haus aufhielten, als sie dort einbrachen. Jim hat seinen Gefährten gehorcht wie ein Automat: man hat nicht einmal die Zeit gefunden, ihm seine Handschellen abzunehmen, aber die Geiselnahme, dieses letzte Beispiel faschistischer Mentalität, scheint ihn wachzurütteln. Er wendet sich gegen seine Freunde und die Frau, die er einst liebte. Er schlägt Peter mit den Handschellen nieder und erwischt dessen Pistole. Auch die Frau hat eine Pistole. Sie stehen einander, durch die Länge des Zimmers getrennt, wie Duellanten gegenüber. Sie sagt: «Mein Lieber, mich wirst du nicht erschießen.» Doch er schießt, und ihr Schuß fällt eine Sekunde später. Sie hat aber nicht auf ihn gezielt: die Kugel trifft ihren Bruder, der sich wieder hochgerappelt hat und zum Angriff ansetzt. Ihre letzten Worte sind: «Du bist nicht Schreiber. Kannst es nicht sein. Du bist ein guter Mensch. Wer, zum Teufel, bist du eigentlich?»

Braddon ergibt sich, und die Richtigkeit der Theorie des Psychologen ist offenkundig bewiesen. Die Ähnlichkeit mit Schreiber hat sich als rein äußerliche Ähnlichkeit erwiesen. In diesem Augenblick, stelle ich mir vor, erinnert sich der kleine Mann des Menschen, mit dem er sich im Flugzeug unterhalten hat. Er geht der Sache nach und spürt Braddons Familie auf. Das Happy-End muß erst ausgearbeitet werden, aber die Schießerei in der Vorstadtvilla stellt das eigentliche Ende des seltsamen Falles Jim Braddon dar. Danach kann man bereits seinen Mantel unter dem Kinositz hervorholen. Jeder könnte einem sagen, wie es weitergeht.

3

Das zweite Exposé für einen Film mit dem Titel «Keiner ist schuld» entstand etwa um die gleiche Zeit für meinen Freund Cavalcanti. Die Idee gefiel ihm, doch wir kamen nie dazu, den Stoff zu verarbeiten, denn als er ihn der Filmprüfstelle vorlegte, teilte man ihm mit, daß man ihm keine Aufführungsgenehmigung für einen Film erteilen könne, in dem der Geheimdienst veräppelt würde. Also versank auch diese Geschichte für eine Weile im Unbewußten, um zehn Jahre später als Roman – in vereinfachter, aber, wie ich glaube, nicht unbedingt verbesserter Form – unter dem Titel *Unser Mann in Havanna* wieder aufzutauchen.

Für Romane gibt es keine Prüfstelle, aber ich erfuhr später, daß MI 5 vorgeschlagen hatte, MI 6 solle das Buch wegen Bruchs des Amtsgeheimnisses beschlagnahmen lassen. Welches Geheimnis hatte ich verraten? Etwa, daß man Vogelscheiße als Geheimtinte verwenden kann? Doch glücklicherweise hatte C., der Leiter von MI 6, mehr Sinn für Humor als sein Kollege von MI 5, und riet diesem davon ab, zu Gericht zu gehen.

Keiner ist schuld

1

Richard Tripp ist Vertreter für Singer-Nähmaschinen in irgendeiner baltischen Hauptstadt, die an Tallinn erinnert. Er ist ein kleiner, harmloser, von Natur aus eher ängstlicher Mensch mit einer leidenschaftlichen Vorliebe für Briefmarken, die Operetten von Gilbert & Sullivan und seine eigene Ehefrau sowie erfüllt von bedingungsloser Loyalität gegenüber Singer-Nähmaschinen. Nebenher ist er der Agent B.720 des britischen Geheimdienstes. Man schreibt das Jahr 1938/39.

Mrs. Tripp – Gloria – ist wesentlich jünger als Tripp, und um ihr ein angenehmeres Leben bieten zu können, hat er sich entschlossen, in den Geheimdienst einzutreten. Um sie an sich zu binden, hat er das Gefühl, mehr Geld für sie ausgeben zu müssen, als er bei Singer verdient, obwohl sie selbst ihrem kleinbürgerlichen Ehemann aufrichtig zugetan ist. Von seiner Nebenbeschäftigung hat sie selbstverständlich keine Ahnung.

In der Londoner Zentrale gilt Tripp als einer der verläßlichsten Agenten – phantasielos, pedantisch, nicht leicht aus der Ruhe zu bringen. Angeblich hat er ein Netz von Subagenten in Deutschland, und den Kontakt zur Zentrale hält er auf dem Weg über die Geschäftsberichte für seine Firma aufrecht. Was die Zentrale nicht weiß: Tripp hat gar keine Agenten. Alle seine Berichte sind erfunden, und wenn sich London mit einem Subagenten unzufrieden zeigt, entläßt er einfach diesen imaginären Informanten und engagiert an seiner Stelle einen anderen, ebenso imaginären Informanten. Natürlich bezieht er für alle diese Phantasie-Agenten Gehälter und Spesen.

Einmal bringt ihn seine fruchtbare Phantasie in Schwierigkeiten mit der örtlichen Polizei, als er eine detaillierte Beschreibung einer unterirdischen Fabrik in der Nähe von Leipzig abgibt, wo angeblich ein geheimnisvoller neuer Sprengstoff erzeugt wird. Von dritter Seite hat man in London erfahren, daß B.720 überwacht wird, worauf man ihm eine dringende Warnung schickt, die jedoch zu spät eintrifft.

Als nach einer von der Anglo-Latestischen Gesellschaft veranstalteten Vorstellung einer Gilbert & Sullivan-Operette, in der Tripp eine Hauptrolle spielt, der Vorhang fällt, reicht der Polizeichef von seinem Sitz in der ersten Reihe einen Blumenstrauß auf die Bühne, an dem eine Karte mit einer Einladung zu einem Gespräch in Tripps Garderobe befestigt ist. Dort teilt er Tripp mit, die deutsche Botschaft hätte sich über seine Aktivitäten beschwert. Tripp gesteht seine Täuschungsmanöver.

Der Polizeichef zeigt sich amüsiert und erfreut darüber, daß Tripps Anwesenheit ernst zu nehmende Agenten fernhält, und nimmt eine Nähmaschine als Geschenk für seine Frau an. Er wird künftig dafür sorgen, daß Tripps Nachrichten ungehindert außer Landes gehen – und um die deutsche Botschaft zu beruhigen, veranlaßt er außerdem auf eigene Faust, daß die Berichte dort einer Vorkontrolle unterzogen werden. Unmittelbar nach diesem Gespräch trifft die Warnung aus London ein; Tripp schickt sogleich die Nachricht zurück, er habe den Polizeichef persönlich als Agenten angeworben, und legt seinem Brief den ersten Bericht dieses Beamten über die führenden politischen Köpfe in Latestia bei. Daran schließt er die Bitte, dem Polizeichef, der angeblich ein besessener Markensammler ist, als erstes Honorar eine seltene, dreieckige südafrikanische Briefmarke zu senden, und als diese eintrifft, klebt er sie natürlich in sein eigenes Album. Das bringt ihn auf Ideen, und bald darauf bemerkt der Chef des Geheimdienstes zu dem für Tripp verantwortlichen Beamten: «Erstaunlich, wie viele Markensammler dieser Mann als Subagenten beschäftigt!»

«Es gibt Schlimmeres. Erinnern Sie sich noch an die Agenten des alten Stott? Die wollten alle künstlerische Fotos aus Paris.»

«Stott ist doch zur Zeit freigestellt, nicht?»

«Ja.»

«Dann sagen Sie ihm doch, er soll sich Tripps Büro einmal näher ansehen. Vielleicht kann er Tripp ein paar gute Ratschläge geben. Ich war immer schon der Meinung, daß man zwei vernünftige Leute zusammenbringen soll.»

2

STOTT ist viel älter als Tripp. Er hat eine Schnapsnase, Sommersprossen, einen Kugelbauch und unstete Augen. Natürlich fürchtet sich Tripp vor seinem Besuch und rechnet jeden Augenblick damit, entlarvt zu werden, doch entdeckt er zu seiner Erleichterung, daß Stott viel mehr Interesse für latestische Weine und Spezialitäten sowie für das Nachtleben zeigt als für die Einzelheiten von Tripps Agentennetz. Manchmal fragt Tripp sich sogar, ob nicht vielleicht auch Stott sein Netz nur erfunden hat, doch läßt sich ein solcher Verdacht natürlich nicht lange aufrechterhalten.

An ihrem ersten gemeinsamen Abend fragt Stott: «Wie steht's mit den Bordellen, alter Freund? Sie haben doch dort sicher gute Kontakte?»

Tripp hat nie in seinem Leben ein Bordell betreten. Er muß gestehen, daß er den Bordellen bisher nicht genügend Beachtung geschenkt hat.

«Sehr wichtig, alter Freund. Jeder Geschäftsreisende geht ins Bordell. Man muß sie im Auge behalten.»

Tripp schlägt sich mit Stott eine Nacht um die Ohren und bekommt Ärger mit seiner Frau, weil er erst um zwei Uhr morgens heimkommt. Stott reist nach Berlin weiter, aber seine Saat geht auf hinter Tripps

Stirn. Ab nun werden seine erfundenen Agenten den Stott-Kurs einschlagen. London wird in rascher Folge um die Bewilligung zur Anstellung folgender Unteragenten ersucht: die Madame eines erstklassigen Hauses, eine Sängerin in einem Konzertcafé und – sein bisher phantasievollster Einfall – eine beliebte latestische Filmschauspielerin, die er als Geliebte von Agent B.720 (das heißt als seine eigene) bezeichnet. Natürlich hat er niemals auch nur ein Wort mit ihr gesprochen, und er hat keine Ahnung, daß sie in Wirklichkeit eine deutsche Agentin ist.

3

EINE zweite Krise bricht aus – und sie erfordert eine sorgfältigere Behandlung als die durch Stott hervorgerufene. Die Kriegsgefahr in Europa verschärft sich, und London hält Tripps Stellung in Latestia für eine Schlüsselposition. Er braucht unbedingt ein geeignetes Team: Singer-Nähmaschinen werden überredet, im Interesse der Nation ihre Niederlassung in Latestia weiter auszubauen, und Tripp erhält die Mitteilung, daß man ihm eine Sekretärin und einen Büroangestellten schicken werde. In seiner Naivität ist Tripp zunächst hocherfreut, daß seine Arbeit für Singer solche Früchte trägt und die Nähmaschinenproduktion so floriert. Weniger erfreut ist er jedoch, als der Büroangestellte und die Sekretärin eintreffen und sich als vom Secret Service geschickte Agenten entpuppen, die ihn bei der Führung seines nun schon sehr weitläufigen Agentennetzes unterstützen sollen.

Der Büroangestellte ist ein junger Mensch mit einem penetranten Cockney-Akzent und einer besonders ausgeprägten Veranlagung zur Helden- und auch Heldinnenverehrung. Er begeistert sich gleichermaßen für Tripps vermeintliche Erfahrung und Kühnheit wie für Mrs. Tripps Beine und Brüste. Er heißt Cobb und hat die ärgerliche Angewohnheit, ständig Fragen zu stellen. Er sagt selbst: «Sie brauchen mir nichts zu erklären, Chef. Überlassen Sie es ruhig mir, herumzuschnüffeln und Fragen zu stellen, ich werde schon herauskriegen, wie der Hase läuft.»

Die Sekretärin, Miss Jixon, ist eine verwelkte alte Jungfer Mitte der Vierzig, die alles und jeden mit Argwohn betrachtet. Sie hält auch den harmlosesten Hilfsarbeiter für einen bezahlten Spitzel der Geheimpolizei und ist schockiert über die Unzulänglichkeit der Sicherheitsvorkehrungen im Büro. Sie besteht darauf, nachtsüber alles Löschpapier in den Safe zu sperren und aus den Schreibmaschinen die Farbbänder zu entfernen. Dies erweist sich als höchst unpraktisch, da niemand sich besonders gut auf das Einlegen neuer Farbbänder versteht. Einmal entdeckt sie ein altes Farbband, das, statt im Incinerator eingeäschert zu werden, in den Papierkorb geworfen wurde, und in der Absicht, die Gefahren solcher Praktiken zu demonstrieren, macht sie sich daran, den Text auf dem Band zu entziffern. Doch das einzige, was sie dabei findet, ist die Zeile «Nie war ein Mund so rot, ein Blick so klar», was sich als Verszeile aus einem von Cobb verfaßten Sonett herausstellt – das sich offenkundig auf Mrs. Tripp bezieht.

«Er ist wirklich ein lieber Kerl», sagt Mrs. Tripp.

Tripps Hauptproblem ist, wie er die Tatsache verschleiern soll, daß er für seine Berichte keine Informanten hat. Er findet eine überraschend einfache Lösung. Er geht Besorgungen machen und kehrt mit Briefumschlägen zurück, die ihm, so behauptet er, heimlich zugesteckt wurden; er zieht eine große Schau ab, indem er völlig harmlose Geschäftsbriefe über Nähmaschinen auf Geheimbotschaften untersuchen läßt; er nimmt Cobb auf Stadtrundgänge mit und weist ihn in Restaurants ab und zu unauffällig auf Leute hin, die er als seine Agenten bezeichnet.

«Ein sehr diskreter Mann. Sie werden sehen, er wird sich nicht anmerken lassen, daß er mich kennt.»

Ein Problem stellen die monatlichen Zahlungen an die Agenten dar: Miss Jixon ist strikt dagegen, daß er diese selbst vornimmt.

«Das ist vorschriftswidrig und ein Sicherheitsrisiko. Die Zentrale würde das niemals gutheißen.»

In der Zwischenzeit hat er, eigens für seine Mitarbeiter, einen eindrucksvollen Übersichtsplan aller seiner Nachrichtenquellen zusammengestellt, ausgehend von den Hauptagenten, denen die einzelnen Abteilungen unterstellt sind. Miss Jixon besteht darauf, daß er ab sofort sämtliche Direktkontakte, außer zu den Hauptagenten (von denen einer die Filmschauspielerin ist), abbrechen muß und von nun an überdies bei jedem Treffen in einer anderen Verkleidung erscheinen soll.

Diese Verkleidungen werden Tripp zum Verhängnis. Alles wird natürlich noch dadurch verschlimmert, daß seine Frau von nichts etwas ahnt. Miss Jixon erweist sich als entsetzlich erfinderisch: Tripps Schminkkästchen für die Operettenaufführungen der Anglo-Latestischen Gesellschaft wird von ihr beschlagnahmt. Er muß ein Haus mit roter Perücke durch die Hintertür verlassen und es mit schwarzer Perücke durch den Haupteingang wieder betreten. Sie zwingt ihn, wenigstens zwei Schlapphüte von verschiedener Farbe in der Manteltasche bei sich zu tragen, damit er jederzeit den Hut wechseln kann. Brillen mit Horn- und Stahlfassungen blähen seine Brusttaschen.

Die Überanstrengung macht sich bald bemerkbar. Er wird reizbar, und Mrs. Tripp löst sich in Tränen auf. Cobb schwankt verzweifelt zwischen Helden- und Heldinnenverehrung.

4

NÄCHSTE Krise: der Feind beginnt Tripp ernst zu nehmen. Tripp bemerkt, daß er auf Schritt und Tritt verfolgt wird – selbst während der musikalischen Soirée der Anglo-Latestischen Gesellschaft: «Ein Abend mit Edward German und Vaughan Williams». Miss Jixons Sicherheitsvorkehrungen waren ein wenig zu effektiv, so daß es den Deutschen nicht mehr gelingt, die von ihm abgeschickten Berichte im Auge zu behalten.

Sie hat sich dem Einsatz des Polizeichefs zur Nachrichtenübermittlung widersetzt und eine ausgeklügelte Methode entwickelt, mittels Geheimtinte Nachrichten auf Briefmarken weiterzuleiten. (Es findet eine Szene statt, in der Miss Jixon verlegen die Möglichkeit andeutet, Vogelscheiße als Geheimtinte zu verwenden.) Unglücklicherweise läßt sich die Tinte nur schlecht wieder sichtbar machen – einzelne Wörter erscheinen und verschwinden wieder mit enervierender Geschwindigkeit.

Um sein Spesenkonto zu frisieren und für Bewirtung riesige Summen verrechnen zu können, sieht Tripp sich gezwungen, mindestens dreimal in der Woche außer Haus zu essen. Er kann das Essen im Restaurant nicht ausstehen – und dazu kommt, daß es verhängnisvoll wäre, wenn er von einem seiner Mitarbeiter in einem Lokal bei einer einsamen Mahlzeit ertappt würde. Deshalb mietet er ein Zimmer in der Vorstadt, um sich abends mit einem Buch dorthin zurückzuziehen (seine Lieblingsautoren sind Charles Lamb und Newbolt) oder auch, um einen seiner windigen Berichte zu schreiben; mit Proviant versorgt er sich daheim in der Vorratskammer. In seiner Spesenabrechnung erscheinen diese Abendessen als ‹Dinner für drei (politische Informanten) inkl. Getränke, Zigarren etc. £ 5.10. 0d› auf. Dieses regelmäßige Ausgehen war in früheren Tagen, als er noch keine Mitarbeiter hatte, nie nötig gewesen, und Mrs. Tripp nimmt es ihm übel.

Die Ehekrise erreicht ihren Höhepunkt, als Tripp am Zahltag einen Besuch in der Wohnung der Filmschauspielerin vortäuschen muß, um ihr die Bezüge für ihre Subagenten zu übergeben. Cobb steht vor dem Haus auf der Straße Wache, und Tripp, mit falschem Schnurrbart, geht zur Wohnung der Schauspielerin hinauf, schellt und fragt nach einer Phantasieperson. Gerade als sich die Wohnungstür wieder vor ihm verschließt, kommt Mrs. Tripp von einem Besuch in einer darüberliegenden Wohnung die Treppe herab. Seine Entschuldigung, er hätte nur eine Nähmaschine verkaufen wollen, erscheint Mrs. Tripp angesichts des falschen Schnurrbarts unglaubwürdig.

Zu einer weiteren Erschütterung der ehelichen Harmonie kommt es, als Cobb, in der löblichen Absicht, Frieden zwischen seinem Helden und seiner Heldin zu stiften, Mrs. Tripp die ganze Wahrheit gesteht – beziehungsweise das, was er für die ganze Wahrheit hält. «Er tut's fürs Vaterland, Mrs. Tripp», sagt er.

Mrs. Tripp beschließt nun ebenfalls, ihren Patriotismus zu beweisen. Auch sie beginnt regelmäßig auszugehen, und ohne sich darüber besonders aufzuregen, benützt Tripp die Gelegenheit, sie als Agentin mit einem imaginären Liebhaber im Außenministerium anzustellen.

«Dieser Tripp», sagt man in London, «verdient wirklich einen Orden. Der Geheimdienst geht ihm selbst über seine Ehe. Ein großartiger Mann.»

Seine imaginäre Geliebte und der imaginäre Liebhaber seiner Frau zählen zu seinen wichtigsten Informationsquellen. Unglücklicherweise glaubt seine Frau natürlich nicht, daß seine Geliebte nur erfunden ist, und im Unterschied zu dem imaginären Mitglied des Außenministeriums ist ihr abendlicher Begleiter ein sehr realer junger Mann, der im Landwirtschaftsministerium arbeitet.

Mrs. Tripp erfährt von Tripps Versteck in der Vorstadt und beschließt, ihm auf die Schliche zu kommen. Sie ist überzeugt, daß sie ihn dort in Gesellschaft der Schauspielerin ertappen wird, und zwar keineswegs bei einer wichtigen Tätigkeit im Interesse des Vaterlandes.

Auch der Feind kennt Tripps Versteck.

5

DIE Beine auf ein Öfchen gelegt, eine Wurstsemmel in der Tasche, liest Tripp laut aus einem Buch seines Lieblingsdichters Newbolt, mit eintönig leiernder Stimme, wie er Lyrik stets zu lesen pflegt. «Spielt nur, spielt nur das Spiel... ihr Herren auf der hohen Bühne da...» Ein Klopfen überrascht ihn. Er geht die Tür öffnen und ist noch mehr überrascht, als seine angebliche Subagentin, die Filmschauspielerin, vor ihm steht. Ihr Auto habe eine Panne: Könnte er ihr vielleicht helfen, es wieder in Gang zu bringen? In dem Auto draußen vor dem Haus kauern zwei Schurken, bereit, Tripp niederzuschlagen. Ein dritter – ein großer, dummer, sentimental wirkender Deutscher von wahrhaft athletischem Körperbau – steht an der Straßenecke Wache. Tripp erwidert, er verstehe nichts von Autos – ja, wenn es sich um eine Nähmaschine handelte...

Mrs. Tripp kommt die Straße entlang. Sie hat sich offensichtlich verlaufen. Inzwischen erklärt Tripp seiner Begleiterin die besonderen Vorzüge der Singer-Nähmaschine... Mrs. Tripp friert und ist unglücklich. Sie lehnt sich an einen Gartenzaun und beginnt zu weinen. Ein Stückchen weiter steht der sentimentale Deutsche und beobachtet sie. Er schwankt zwischen Pflicht und Mitleid. Langsam geht er auf sie zu.

Mr. Tripp spricht mit der Filmschauspielerin nun über Gedichte.

Mrs. Tripp weint sich an der Schulter des Deutschen aus und erzählt ihm, daß ihr Mann sie in eben diesem Augenblick betrüge, aber sie habe die Hausnummer vergessen...

Die Deutschen im Auto frieren wie die Hunde. Sie steigen aus, um sich die Beine zu vertreten... Tripp liest der Schauspielerin Newbolt vor... «Des Hauptmanns Arm da streckt ihn nieder...»

Mrs. Tripp und der Deutsche spähen durch das Fenster. Der Deutsche ahnt nicht, daß dieser betrügerische Ehemann ihn irgend etwas angehen könnte. Mrs. Tripp ächzt: «Bringen Sie mich fort von hier», und er gehorcht ihrer Bitte augenblicklich – mit dem Auto seiner Kameraden. Jemand – in seinem blinden Mitleid kümmert er sich nicht darum, wer es ist – versucht ihn aufzuhalten, und er schlägt ihn nieder. Er setzt Mrs. Tripp vor ihrer Haustür ab.

Tripp deklamiert immer noch Gedichte, als es abermals an der Tür klopft. Ein Deutscher zerrt einen anderen Deutschen herein, der immer noch bewußtlos ist. Gemurmel deutscher Worte. «Er hat versucht, das Auto in Gang zu setzen», erklärt die Schauspielerin, «und plötzlich ist es ihm davongerollt.»

«Ich rufe in einer Werkstätte an», sagt Tripp. Er geht zu einer Nische, wo ein Telefonapparat steht, was bisher niemand bemerkt hat. «Falsch verbunden», sagt er wütend. «Das war die Polizei.» Als er den Hörer wieder auflegt, schlagen sie ihn nieder.

6

Mr. Tripp ist seit Tagen nicht heimgekehrt: Cobb und Miss Jixon machen sich Sorgen. Mrs. Tripp schäumt vor Wut, hat aber einen Tröster gefunden.

Als Tripp das Bewußtsein wiedererlangt, befindet er sich in der deutschen Botschaft. Man versucht, ihn mit allen Mitteln zu zwingen, seine Organisation zu verraten, doch es gibt keine Organisation, die er verraten könnte. Er wird vor die Wahl gestellt, entweder bis zum Ausbruch des Krieges als Gefangener in der deutschen Botschaft zu bleiben und danach als Spion an die Gestapo ausgeliefert zu werden oder aber auf Befehl falsche Informationen – sorgfältig so formuliert, daß er dadurch diskreditiert wird – nach London zu übermitteln, wodurch er seine baldige Freilassung erwirken könnte. Man zeigt ihm Filme über Konzentrationslager, hindert ihn am Schlafen: Er wird in eine

Zelle mit dem sentimentalen Deutschen gesperrt, der in Ungnade gefallen ist und ihn jedesmal, wenn er zu schlafen versucht, weckt, um ihn mit Vorwürfen zu überhäufen, weil er seine Frau betrogen habe.

Der deutsche Botschafter arbeitet gemeinsam mit dem Militärattaché den Text aus, den Tripp übermitteln soll. Auf einem Bogen Papier notiert der Militärattaché die Fakten, die es zu verschleiern gilt: Datum der Invasion, Anzahl der beteiligten Divisionen usw. Auf einem zweiten Bogen werden die Unwahrheiten festgehalten, die weitergegeben werden sollen. Das Fenster steht offen und ein Windstoß wirbelt die Papiere durcheinander. Die falschen Aufzeichnungen (das heißt also die richtigen Informationen) werden Tripp ausgehändigt, der sie mit Geheimtinte abschreiben soll. Tripp gibt sich geschlagen. Eine falsche Nachricht mehr oder weniger abzuschicken erscheint ihm kein allzu hoher Preis.

Zur weiteren Absicherung und um sicherzustellen, daß Tripps Nachrichten nie wieder Glauben geschenkt wird, befehlen die Deutschen dem Polizeichef, sich beim englischen Botschafter zu melden und diesen über seine Vereinbarung mit Tripp zu informieren – die erfundenen Nachrichten, die er den Deutschen vorlegte, ehe sie weiterbefördert wurden. Der Polizeichef gibt vor, Tripp hätte gewußt, daß die Deutschen seine Nachrichten kontrollierten.

Kaum hat Tripp die deutsche Botschaft verlassen, wird er von der Polizei verhaftet. Er wird nach Hause eskortiert und darf seine Koffer packen. Mrs. Tripp ist nicht daheim. Cobb zeigt ihm ein schon dechiffriertes Telegramm aus London: «Agent XY.27 (seine Frau) entlassen. Aufgefangene Korrespondenz mit Schulfreundin beweist Affäre mit... vom Landwirtschaftsministerium statt mit... vom Außenministerium. Unverläßlich.»

Tripp nimmt Abschied von seinem Heim, von Cobb und Miss Jixon, von seinem Schminkkästchen, das ein Geschenk der Anglo-Latestischen Gesellschaft war, von den gesammelten Rollenbüchern der Gilbert & Sullivan-Operetten. Aus seinen Taschen holt er den falschen Schnurrbart, die weichen Filzhüte, die Brillen. «Damit hat alles angefangen», sagt er traurig zu Miss Jixon.

Man bringt ihn mit dem Flugzeug nach England.

In der Zentrale erwartet ihn ein strenges Verhör. Der Bericht des englischen Botschafters ist bereits eingetroffen, doch vor Tripps Ankunft sind die Mitglieder der Untersuchungskommission geteilter Meinung.

Die Schwierigkeit liegt darin, daß Tripps Berichte der Armee hoch willkommen waren. Der gesamte Geheimdienst wäre blamiert, müßte er nun Hunderte Berichte aus den letzten zwei Jahren widerrufen – Berichte, die als «äußerst wertvoll» bezeichnet worden waren. Der Vorsitzende der Kommission weist darauf hin, daß dies einer Diskreditierung aller Mitglieder des Geheimdienstes gleichkäme. Schließlich hätte ja jeder andere Agent das gleiche tun können. Man würde in Zukunft keinem von ihnen mehr trauen.

Da wird gemeldet, daß Tripp sich im Vorzimmer befinde, und das jüngste Mitglied der Kommission, ein gewandter, ernsthafter Jung-Diplomat, geht zu ihm hinaus. Eindringlich flüstert er ihm zu: «Es wird schon alles in Ordnung kommen. Leugnen Sie alles ab.»

«Wenn er doch nur», sagt der Vorsitzende, «diesen letzten Bericht nicht abgesandt hätte. Alle anderen sind Ansichtssache. Denken Sie an die unterirdischen Fabrikanlagen bei Leipzig. Sie sind schließlich unterirdisch, wir haben keine Gewißheit, daß er sie erfunden hat. General Hays hat gerade diesen Bericht besonders gelobt. Er hat ihn als beispielhaft bezeichnet. Wir haben ihn für unsere Ausbildungskurse herangezogen. Aber dieser letzte Bericht, der nicht nur eine genaue Zeitangabe für die Stunde Null enthält, sondern als Informanten auch noch den deutschen Militärattaché persönlich angibt – um den kommen wir einfach nicht herum: Diese und jene Divisionen sollen heute um zehn Uhr die Grenze überschreiten! Hätte der Botschafter uns nicht gewarnt, so würden wir jetzt von der gesamten Armee, Marine und Luftwaffe mit Fragen bestürmt, wer zum Teufel uns diesen Bären aufgebunden hat. Treten Sie ein, Tripp. Setzen Sie sich. Es handelt sich hier um eine sehr ernste Angelegenheit. Sie wissen, was Ihnen vorgeworfen wird.»

«Ich gebe alles zu.»

Der gewandte junge Mann wispert aufgeregt: «Nein, nein. Alles abstreiten, habe ich gesagt.»

«Sie können gar nicht alles zugeben», unterbricht

der Vorsitzende ebenso aufgeregt, «es liegt an uns, Ihnen zu sagen, was Sie zugeben sollen und was nicht. Ihr letzter Bericht allerdings –» Das Telefon läutet; er hebt den Hörer ab: «Ja, ja. Du meine Güte!»

Er legt den Hörer auf und wendet sich an den Untersuchungsausschuß: «Die deutschen Truppen haben heute morgen die polnische Grenze überschritten. Unter diesen Umständen, meine Herren, glaube ich, sollten wir Mr. Tripp zu seinem letzten Bericht aus Latestia beglückwünschen. Unglückseligerweise hat eine Ungeschicklichkeit der britischen Botschaft dazu geführt, daß keine Konsequenzen daraus gezogen wurden – aber gerade das spricht schließlich für den Geheimdienst. Im Vertrauen auf die von uns geleistete Arbeit dürfen wir feststellen, daß der Geheimdienst im voraus Tag und Stunde des Kriegsausbruchs gekannt hat.»

Tripp wird mit einem hohen Orden ausgezeichnet. Er wird außerdem zum Leiter der Grundausbildung für neuaufgenommene Mitglieder des Geheimdienstes ernannt. In der Schlußszene sieht man ihn an die Tafel treten, ein Stück Kreide in der Hand, nachdem er seinen Zuhörern vorgestellt worden ist als «einer unserer rangältesten und erfahrensten Offiziere – jener Mann, der auf den Tag, ja sogar auf die Stunde genau den Beginn des deutschen Angriffs in Erfahrung gebracht hat – Richard Tripp, der Ihnen jetzt einen Vortrag zum Thema ‹Aufbau und Leitung eines Agentennetzes im Ausland› halten wird.»

Der zehnte Mann

Erster Teil

1

Wie spät es war, beurteilten die meisten von ihnen nach der Essensausgabe, die unpünktlich und unregelmäßig erfolgte. Tagsüber vertrieben sie sich die Zeit mit den kindischsten Spielen, und in schweigender Übereinkunft legten sie sich schlafen, sobald es dunkel wurde, ohne auf eine bestimmte Nachtstunde zu warten, denn sich nach der Uhrzeit zu richten war ihnen gar nicht möglich: Tatsächlich gab es so viele verschiedene Zeiten, wie es Gefangene gab. Zu Beginn ihrer Haft haben den 32 Männern noch drei ordentliche Uhren zur Verfügung gestanden, außerdem ein alter und – so behaupteten jedenfalls die Uhrenbesitzer – unverläßlicher Wecker. Als erste verschwanden die beiden Armbanduhren: Ihre Besitzer verließen die Zelle um 7 Uhr morgens – laut Wecker um 7 Uhr 10 – und wenige Stunden darauf sah man die beiden Uhren an den Handgelenken zweier Wärter wieder.

So blieb ihnen also nur noch der Wecker und eine

große, altmodische silberne Uhr an einer Kette, die dem Bürgermeister von Bourges gehörte. Der Wecker gehörte einem Lokomotivführer namens Pierre, und zwischen den beiden Männern entspann sich eine Art Konkurrenzkampf. Die Zeit, so befanden sie, gehöre nicht den 28 anderen Männern, sondern sei ihr Privatbesitz. Doch es gab zwei Zeiten, und jeder der beiden Uhrbesitzer verteidigte die seine mit verbissener Leidenschaft. Diese Leidenschaft trennte sie von ihren Kameraden, man sah sie fast immer im selben Eck des großen Betonbunkers beisammenstehen, und sogar beim Essen saßen sie nebeneinander.

Einmal vergaß der Bürgermeister seine Uhr aufzuziehen: An diesem Tag waren allerlei Gerüchte umgegangen, denn während der Nacht waren aus der Richtung des Rathauses Schüsse zu hören gewesen, genau wie damals, als man die Armbanduhrbesitzer abgeführt hatte, und in den Köpfen der Gefangenen nahm das Wort Geisel Gestalt an wie eine dunkle Wolke, die sich durch eine Laune des Windes zur Form von Schriftzeichen verdichtet. Im Gefängnis kommen seltsame Ideen auf, und so rückten der Bürgermeister und der Lokomotivführer noch enger zusammen, als fürchteten sie, die Deutschen hätten es eigens auf die Besitzer von Uhren abgesehen, um sie alle der Zeit zu berauben: Der Bürgermeister wollte seinen Mitgefangenen sogar den Vorschlag machen, die zwei ihnen noch verbliebenen Zeitmeßgeräte lieber zu verstekken, um sie alle vor dem Verlust der Zeit zu bewahren, doch als er seinen Gedanken in Worte zu fassen begann, fürchtete er plötzlich, den Anschein von Feigheit zu erwecken, und brach mitten im Satz unvermittelt ab.

Was immer der Grund sein mochte, jedenfalls vergaß der Bürgermeister an diesem Abend seine Uhr aufzuziehen. Er erwachte am anderen Morgen und sah, sobald es dazu hell genug war, auf die Uhr. «Na», sagte Pierre, «wie spät ist es? Was sagt das gute alte Stück?» Wie verlassene schwarze Ruinen standen die Zeiger auf Viertel vor eins. Der Bürgermeister hatte das Gefühl, dies sei der schrecklichste Augenblick seines Lebens: schlimmer, weit schlimmer noch als der Tag, an dem er von den Deutschen gefangengenommen worden war. Im Gefängnis bleibt keiner der menschlichen Sinne unbeeinträchtigt, und der erste, der den Gefangenen abhanden kommt, ist der Sinn für das rechte Maß. Er sah einem nach dem anderen ins Gesicht, als hätte er einen Verrat begangen: Er hatte den Verlust der einzig korrekten Zeit verschuldet. Er dankte Gott, daß kein Bürger von Bourges zugegen war. Unter den Anwesenden waren ein Friseur aus Etain, drei Büroangestellte, ein Lastwagenfahrer, ein Gemüsegärtner, ein Tabakhändler – alle Mitgefangenen bis auf einen gehörten einer niedrigeren Gesellschaftsklasse an als er selbst, und um so größer war die Verantwortung, die er ihnen gegenüber empfand. Gleichzeitig hatte er aber auch das Gefühl, daß sie leicht zu täuschen seien, und so sagte er sich, es sei letztlich wohl doch besser, sie glaubten weiterhin, sie hätten die korrekte Zeit, als sie müßten sich fortan auf ihre eigenen vagen Schätzungen und den antiquarischen Wecker verlassen.

Sich an dem grauen Dämmerlicht orientierend, das durch die Gitterstäbe hereinfiel, machte er eine rasche Überschlagsrechnung. «Es ist 25 Minuten nach fünf», sagte er mit fester Stimme und begegnete dem Blick des einzigen, von dem er fürchtete, er könnte die Täuschung durchschauen: ein Pariser Rechtsanwalt namens Chavel, ein Einzelgänger, der hin und wieder einen unbeholfenen Versuch unternahm, sich als Mensch auszuweisen. Von den übrigen Gefangenen wurde er als ein sonderbarer Kauz betrachtet, ja sogar als Witzfigur: Ein Rechtsanwalt war eigentlich kein Mitmensch, er war eine große Puppe, die man zu besonderen Anlässen hervorholte, und nun hatte er auch noch seinen schwarzen Talar verloren.

«Unsinn», sagte Pierre. «Was ist los mit dem alten Prachtstück? Es ist genau Viertel vor sechs.»

«Diese billigen Wecker gehen immer vor.»

In scharfem Ton, wie aus alter Gewohnheit, sagte der Rechtsanwalt: «Gestern haben Sie behauptet, er ginge nach.» Von diesem Moment an haßte der Bürgermeister Chavel. Chavel und er waren die einzigen Persönlichkeiten von Rang in diesem Gefängnis: er selbst, dachte er, hätte Chavel nie in solcher Weise bloßgestellt, und sofort begann er sich das Hirn zu zermartern, um eine Erklärung für dessen Verhalten zu finden – irgendein geheimes, schmähliches Motiv. Obwohl der Anwalt nur selten etwas sagte und keine Freunde hatte, kam der Bürgermeister zu dem Schluß: ‹Popularitätshascherei. Er glaubt wohl, sich hier im Gefängnis zum Herrscher aufschwingen zu können. Er will den Diktator spielen.›

«Zeig einmal her, das Prachtstück», sagte Pierre, doch die Taschenuhr war an ihrer mit Münzen und Siegeln schwer behängten Silberkette sicher an des Bürgermeisters Weste befestigt. Niemand konnte sie ihm wegnehmen. Seelenruhig konnte er die an ihn gerichtete Aufforderung mit einem höhnischen Lächeln beantworten.

Doch dieser Tag prägte sich dem Gedächtnis des Bürgermeisters als einer jener schwarzen, von quälender Angst überschatteten Tage ein, aus denen sich eine private Chronik zusammensetzt: sein Hochzeitstag, der Tag, an dem sein erstes Kind geboren wurde, der Tag der Gemeinderatswahl, der Tag, an dem seine Frau starb. Irgendwie mußte er seine Uhr wieder in Gang setzen und die Zeiger in eine glaubwürdige Stellung bringen, ohne daß ihn jemand dabei ertappte – und den ganzen Tag über fühlte er sich verfolgt von den Augen des Pariser Anwalts. Die Uhr aufzuziehen war keine große Sache: Selbst eine funktionierende Uhr muß aufgezogen werden, und es genügte ja, wenn er sie zunächst nur zur Hälfte aufzog und die Schraube dann im Lauf des Tages noch ein- oder zweimal geistesabwesend weiterdrehte.

Aber nicht einmal das entging Pierre.

«Was machen Sie denn da?» fragte er argwöhnisch. «Sie haben sie doch schon einmal aufgezogen. Gibt das Prachtstück nun etwa den Geist auf?»

«Ich war in Gedanken ganz woanders», sagte der

Bürgermeister, obwohl er sich niemals zuvor intensiver auf einen Gedanken konzentriert hatte. Viel schwerer fand sich eine Gelegenheit, die Zeiger zu verstellen, die mehr als einen halben Tag lang fünf Stunden hinter Pierres Uhrzeit nachhinkten. Nicht einmal die natürlichsten menschlichen Bedürfnisse konnte man sich hier zunutze machen. Als Toiletten dienten eine Reihe von Eimern im Gefängnishof, und um es den Wärtern bequemer zu machen, war es den Gefangenen nicht erlaubt, einzeln zu den Eimern zu gehen: Sie gingen in Gruppen von mindestens sechs Mann hinaus. Der Bürgermeister konnte aber auch nicht bis zum Einbruch der Dunkelheit warten, denn künstliche Beleuchtung war in der Zelle verboten, und im Finstern hätte er die Zeiger nicht mehr ausnehmen können. Während er auf eine passende Gelegenheit wartete, mußte er die verstreichende Zeit im Geist ständig mitverfolgen, um gegebenenfalls seine Chance augenblicklich wahrnehmen zu können, ohne sich über eine Viertelstunde auf oder ab den Kopf zu zerbrechen.

Gegen Abend kam es endlich zu einer Streiterei über das private Kartenspiel – eine Art Bauernschnapsen mit selbstgemachten Karten –, mit dem die meisten Männer den Großteil des Tages verbrachten. Einen Augenblick lang waren aller Augen auf die Spieler gerichtet, und diesen Moment nutzte der Bürgermeister dazu, seine Uhr zu ziehen und rasch die Zeiger nachzustellen.

«Wie spät ist es?» fragte der Anwalt. Der Bürgermeister zuckte zusammen, als wäre er im Zeugenstand durch eine unvermutete Frage überführt worden. Der Anwalt beobachtete ihn mit dem ihm eigenen, angestrengten und unglücklichen Blick, dem Blick eines Mannes, der auf nichts aus seiner Vergangenheit zurückgreifen kann, das ihm in seiner gegenwärtigen traurigen Lage helfen könnte.

«Fünfundzwanzig Minuten nach fünf.»

«Ich dachte, es sei schon später.»

«Das ist die Zeit, die *ich* habe», sagte der Bürgermeister spitz. Es war in der Tat *seine* Zeit: Ab nun vermochte er auch nicht die allerkleinste Möglichkeit eines Irrtums zuzugeben: Seine Zeit konnte nicht falsch sein, weil er sie erfunden hatte.

2

LOUIS CHAVEL konnte sich nicht erklären, weshalb ihn der Bürgermeister so haßte. Daß er ihn haßte, war unmißverständlich: Zu oft schon hatte er im Gerichtssaal diesen Ausdruck auf den Gesichtern von Zeugen oder Häftlingen gesehen. Nun, da Chavel selbst in Haft war, vermochte er sich in diesen ihm neuen Zustand nicht hineinzufinden, und alle Annäherungsversuche an seine Gefährten schlugen fehl, weil er die anderen immer als geborene Gefängniskandidaten empfand, die in jedem Fall früher oder später hinter Gitter gekommen wären – sei es für Diebstahl, Betrug oder Sexualverbrechen –, während er selbst nur versehentlich verhaftet worden war. So gesehen war der Bürgermeister freilich sein Schicksalsgenosse, denn auch er, mußte Chavel sich eingestehen, war nicht zum Häftling geboren, obwohl er sich noch deutlich eines Falles von Unterschlagung in der Provinz erinnerte, in den ein Bürgermeister verwickelt gewesen war. Ungeschickt warb er um die Sympathie des Bürgermeisters, und dessen Abneigung überraschte und verwirrte ihn.

Alle anderen begegneten ihm offen und freundlich: Sie antworteten, wenn er sie ansprach, aber bis zu einem Gespräch kam es nie, bestenfalls grüßten sie ihn der Tageszeit entsprechend. Allmählich fand er es schrecklich, sogar im Gefängnis der Tageszeit gemäß begrüßt zu werden. «Guten Tag», sagten sie etwa, oder «Gute Nacht», so als wäre er auf dem Weg zum Gericht, und sie riefen ihm einen Gruß über die Straße zu. Dabei befanden sie sich alle in einem Betonbunker, zusammengepfercht in einem fünf mal zehn Meter großen Raum.

Mehr als eine Woche lang hatte er sich nach Kräften bemüht, sich wie ein gewöhnlicher Häftling zu verhalten; sogar den Kartenrunden hatte er sich aufgedrängt, doch waren ihm die Einsätze unbegreiflich. Geld zu verlieren hätte ihm nichts ausgemacht – aber die wenigen Scheine, die er in die Haft mitgebracht und die zu behalten man ihm gestattet hatte, überstiegen die Mittel seiner Mitgefangenen, und die Einsätze, um die sie spielen wollten, empfand er als seiner unwürdig. Sie spielten meist um Dinge wie ein Paar Socken, und der Verlierer fuhr dann mit nackten Füßen in seine Schuhe und wartete auf eine Gelegenheit zur Revanche; der Anwalt jedoch fürchtete etwas zu verlieren, was ihn als Angehörigen seiner Gesellschaftsklasse auswies, als Menschen von Rang und Würde. Er beteiligte sich nicht mehr an dem Spiel, obwohl er einmal Glück gehabt und eine Weste gewonnen hatte, an der ein paar Knöpfe fehlten. Später, nach Einbruch der Dunkelheit, gab er sie ihrem Eigentümer zurück – und das stempelte ihn in den Augen aller anderen endgültig ab: Er besaß keinen Sportsgeist. Sie verurteilten ihn deswegen nicht. Was konnte man von einem Rechtsanwalt schließlich schon erwarten?

Keine Stadt war je so übervölkert wie ihre Zelle, und mit jeder Woche, die verstrich, begriff Chavel besser, wie unerträglich einsam man sich in einer Stadt fühlen kann. Er versuchte sich mit dem Gedanken zu trösten, daß das Ende des Krieges täglich näher rückte – irgendwer mußte schließlich siegen, und es lag ihm nun schon nicht mehr viel daran, wer Sieger blieb, wenn nur das Ende bald kam. Er war eine Geisel, aber nur selten dachte er daran, daß Geiseln manchmal erschossen werden. Der Tod seiner beiden Mithäftlinge erschütterte ihn nur vorübergehend: Er fühlte sich zu verlassen und verloren, um der Tatsache ins Auge zu sehen, daß man auch ihn aus der überfüllten Zelle holen kommen könnte. In der Menge kann man sich nicht nur einsam, sondern auch sicher fühlen.

Chavels Wunsch sich zu erinnern – sich zu überzeugen, daß es das Leben, aus dem er kam und in das er irgendwann wieder zurückkehren würde, überhaupt noch gab – wurde eines Tages so brennend, daß er das Schweigen nicht länger ertrug. Er rückte von seinem Platz in der Zelle zu einem der Büroangestellten hinüber, einem mageren, schweigsamen Jüngling, dem seine Mithäftlinge aus irgendeinem Grund den seltsamen Spitznamen Janvier gegeben hatten. War es einer unerwarteten Eingebung zuzuschreiben, daß einer seiner Zellengenossen in ihm ein noch unreifes, vom Frost geknicktes Geschöpf erkannt hatte?

«Janvier», fragte Chavel, «sind Sie je gereist – in Frankreich, meine ich?» Bezeichnend für den Rechtsanwalt war, daß er selbst seinen Wunsch nach menschlicher Nähe in Form einer Frage zum Ausdruck brachte, als hätte er einen Zeugen einzuvernehmen.

«Bin nie weit über Paris hinausgekommen», sagte Janvier und fügte dann nach kurzem Nachdenken hinzu: «Bis Fontainebleau. Dort war ich mal im Sommer.»

«Brinac kennen Sie nicht? Es liegt direkt an der Westbahnstrecke.»

«Nie was davon gehört», sagte der junge Mann mürrisch, als hätte jemand versucht, ihm etwas in die Schuhe zu schieben, und dann hustete er trocken und scheppernd. Es klang, als schüttelte jemand Trockenerbsen in einer Blechdose.

«Dann kennen Sie also auch meinen Heimatort, St. Jean de Brinac, nicht? Es liegt zirka drei Kilometer westlich der Stadt. Dort habe ich ein Haus.»

«Ich dachte, Sie kommen aus Paris.»

«Ich habe meine Kanzlei in Paris», sagte der Anwalt. «Wenn ich sie einmal zusperre, werde ich mich nach St. Jean zurückziehen. Das Haus habe ich von meinem Vater geerbt. Und der hat es von seinem Vater geerbt.»

«Was war denn Ihr Vater?» fragte Janvier mit einem Anflug von Neugierde.

«Rechtsanwalt.»

«Und sein Vater?»

«Auch Rechtsanwalt.»

«Manche Leute scheinen das zu mögen», sagte Janvier. «Mir kommt's bißchen verstaubt vor.»

«Wenn Sie ein Stückchen Papier haben», fuhr Chavel fort, «könnte ich Ihnen einen Plan von meinem Haus und dem Garten aufzeichnen.»

«Ich habe aber keines», sagte Janvier. «Ist auch egal. Es ist schließlich Ihr Haus, nicht meines.» Wieder hustete er und preßte dabei die knochigen Hände auf die Knie. Es sah aus, als wollte er ein Gespräch mit einem Bittsteller abbrechen, für den er nichts tun konnte. Absolut nichts.

Chavel ging zu den anderen. Vor Pierre blieb er stehen und fragte: «Können Sie mir sagen, wie spät es ist?»

«Es ist fünf Minuten vor zwölf.» Der Bürgermeister, der daneben saß, grunzte bösartig. «Geht schon wieder nach.»

«In Ihrem Beruf», sagte Chavel, «kommt man doch weit herum, nicht wahr?» Es klang wie die geheuchelte Liebenswürdigkeit eines Staatsanwalts, der einen Zeugen bei einer falschen Aussage ertappen möchte.

«Ja und nein», sagte Pierre.

«Sie kennen nicht vielleicht zufällig einen Ort, der Brinac heißt? Ungefähr eine Stunde von der Gare Montparnasse.»

«*Die* Strecke bin ich noch nie gefahren», sagte Pierre. «Mein Bahnhof ist die Gare du Nord.»

«Ach ja, natürlich. Dann kennen Sie also auch St. Jean nicht...» Er gab die Hoffnung auf und setzte sich abseits von den anderen, mit dem Rücken gegen die kalte Betonwand.

In dieser Nacht hörten sie zum drittenmal Schüsse: eine kurze Maschinengewehrsalve, einzelne Gewehrschüsse und einmal etwas, das wie die Explosion einer Granate klang. Die Gefangenen lagen ausgestreckt auf dem Boden, keiner sprach ein Wort. Sie lagen wach und warteten. Bei den meisten hätte man nicht sagen können, ob es Angst vor der Gefahr war, die sie erfüllte, oder eher die heitere Erwartung von Menschen, die am Lager eines allzu reglosen Kranken erste Anzeichen der Genesung wahrzunehmen glauben. Chavel lag ebenso reglos wie die übrigen: Er fürchtete sich nicht: An diesem Ort tief unter der Erde fühlte er sich vor Entdeckung sicher. Der Bürgermeister schlang die Arme um seine Uhr und versuchte vergeblich, ihr stetiges, altmodisches Ticken zu ersticken: tick-tack-tick.

3

Am nächsten Nachmittag um drei Uhr (Weckuhrzeit) betrat ein Offizier die Zelle, der erste Offizier, den sie seit Wochen zu Gesicht bekamen. Er war sehr jung, ein typischer Neuling; seine Unerfahrenheit zeigte sich sogar an seinem Schnurrbart, von dem er links ein Stückchen zuviel abrasiert hatte. Er war verlegen wie ein Schuljunge, der anläßlich einer Preisverleihung zum erstenmal eine Bühne betritt, und sprach abgehackt, um eine Entschlossenheit zu demonstrieren, die er nicht besaß. «Letzte Nacht ist es in der Stadt zu Mordanschlägen gekommen», sagte er. «Der Adjutant des Militärkommandanten, ein Feldwebel und ein Mädchen auf einem Fahrrad.» Dann setzte er hinzu: «Das Mädchen spielt hier keine Rolle. Franzosen haben unsere Genehmigung, Französinnen zu töten.» Offenbar hatte er seine Rede sorgfältig vorbereitet, doch war die Ironie zu dick aufgetragen und der Vortrag der eines Laienschauspielers. Die ganze Szene war so unwirklich wie eine Scharade. Der Offizier sagte: «Sie wissen ja, wozu Sie hier sind. Sie lassen es sich wohl sein bei guter Verköstigung, während unsere Leute arbeiten und kämpfen. Nun, jetzt bekommen Sie die Rechnung präsentiert für den Kuraufenthalt. Geben Sie bloß nicht uns die Schuld, sondern Ihren eigenen Mordbuben. Mein Befehl lautet, daß jeder zehnte in diesem Lager erschossen werden soll. Wie viele seid ihr?» Mit sich überschlagender Stimme schrie er: «Abzählen!» und widerstrebend gehorchten sie. «...achtundzwanzig, neunundzwanzig, dreißig.» Sie wußten, er kannte die Zahl. Es ging nur um eine Zeile seiner Auftrittsszene, auf die er nicht verzichten konnte. Er sagte: «Dann entfallen auf euch also drei. Welche drei, ist uns völlig schnuppe. Ihr könnt sie selbst auswählen. Begräbnis morgen früh um sieben.»

Die Vorstellung war vorüber: Sie hörten den harten Klang seiner Stiefel auf dem Asphalt, als er sich entfernte. Chavel fragte sich einen Augenblick, wie wohl der Titel der Aufführung, der er beigewohnt hatte, lautete – «Nachts», «Mädchen», «Am Rande» oder vielleicht «Dreißig»? Aber es war wohl ein anderes Wort – «Geisel».

Lange Zeit herrschte Schweigen, bis ein Mann namens Krogh, ein Elsässer, endlich sagte: «Sollen wir uns vielleicht freiwillig melden?»

«Unsinn», sagte einer der Angestellten, ein älterer Mensch mit Zwicker, «keiner wird sich freiwillig melden, das Los muß entscheiden.» Dann fügte er hinzu: «Außer, ihr wollt es lieber dem Alter nach machen – die Ältesten zuerst.»

«Nein, nein», sagte ein anderer, «das wäre ungerecht.»

«So macht es die Natur.»

«Nicht einmal die Natur», sagte der andere. «Ich hatte eine kleine Tochter, die ist mit fünf gestorben...»

«Wir müssen losen», sagte der Bürgermeister fest. «Das ist die einzig gerechte Methode.» Er saß immer noch, die Hände über dem Bauch verschränkt da, um seine Uhr zu schützen, doch in der ganzen Zelle hörte man ihr dumpfes Tick-Tack-Tick. Dann setzte er hinzu: «Unter den Unverheirateten. Die Verheirateten sollten nicht einbezogen werden. Sie haben Verpflichtungen...»

«Ha, ha», sagte Pierre, «mit dem Dreh legst du uns nicht herein. Warum sollten die Verheirateten davonkommen? Die haben ihre Arbeit schon getan. Du selber bist natürlich verheiratet?»

«Meine Frau ist gestorben», sagte der Bürgermeister, «ich bin also jetzt nicht mehr verheiratet. Und du...?»

«Verheiratet», sagte Pierre.

Der Bürgermeister schickte sich an, seine Uhr abzunehmen: Die Entdeckung, daß seinem Rivalen nichts geschehen konnte, schien seine Überzeugung zu festigen, er, als Hüter der Zeit, müßte das nächste Opfer sein. Er sah von einem zum anderen und entschied sich für Chavel – vielleicht weil er der einzige war, in dessen Weste die Kette passen mochte. «Monsieur Chavel», sagte er, «ich bitte Sie, diese Uhr zu übernehmen, falls...»

«Sie sollten sich besser jemand anderen aussuchen», sagte Chavel. «Ich bin unverheiratet.»

Der ältliche Büroangestellte ergriff wieder das Wort. «Ich bin verheiratet. Ich habe ein Recht zu sprechen. Wir packen das alles falsch an. Es muß unter uns allen ausgelost werden. Es wird nicht das letzte Mal sein, und stellt euch einmal vor, wie es in dieser Zelle hier zugehen wird, wenn wir eine privilegierte Klasse schaffen – diejenigen, die bis zum Schluß übrigbleiben. Alle anderen würden uns bald hassen, uns, denen ihre Angst erspart bliebe...»

«Er hat recht», sagte Pierre.

Der Bürgermeister befestigte seine Uhr wieder am Handgelenk. «Na gut, wie ihr wollt», sagte er. «Aber wenn man Steuern auf diese Weise einheben würde...» Mit einer Geste der Verzweiflung brach er den Satz ab.

«Wie soll die Verlosung aussehen?» fragte Krogh.

Chavel sagte: «Am schnellsten ginge es, wenn wir markierte Zettel aus einem Schuh ziehen...»

Verachtungsvoll erwiderte Krogh: «Und warum soll es schnell gehen? Für einige von uns ist das ihr letztes Spiel. Also können wir es doch wenigstens noch auskosten. Ich schlage vor, mit einer Münze.»

«Geht nicht», sagte der Büroangestellte, «bei einer Münze sind die Chancen ungleich verteilt.»

«Lose ziehen ist die einzige Möglichkeit», sagte der Bürgermeister.

Der Büroangestellte übernahm die Anfertigung der Lose und opferte dafür einen Brief von zu Hause. Er las ihn rasch noch ein letztes Mal durch und zerriß ihn dann in dreißig Teile. Auf drei der Zettelchen zeichnete er mit Bleistift ein Kreuz, dann faltete er sie alle zusammen. «Krogh hat den größten Schuh», sagte er. Sie mischten die Zettelchen auf dem Fußboden und füllten sie in Kroghs Schuh.

«Wir ziehen in alphabetischer Reihenfolge», sagte der Bürgermeister.

«Bei Z beginnend», sagte Chavel. Sein Sicherheitsgefühl war erschüttert. Er sehnte sich nach einem Drink. Nervös zupfte er an einem Stückchen trockener Haut an seiner Unterlippe.

«Wie ihr wollt», sagte einer der Lastwagenfahrer. «Kommt wer noch vor Voisin? Los geht's.» Er griff mit der Hand in den Schuh und tastete sorgfältig darin herum, als hätte er die Absicht, ein ganz bestimmtes Zettelchen hervorzuholen. Schließlich zog er eines heraus, entfaltete es und starrte es fassungslos an. Dann sagte er: «Es hat mich erwischt.» Er setzte sich, suchte in seinen Taschen nach einer Zigarette, doch als er sie endlich zwischen den Lippen hatte, vergaß er sie anzuzünden.

Chavel durchströmte ein Gefühl ungeheurer und schamloser Erleichterung. Er fühlte sich bereits gerettet – 29 Männer mußten noch ziehen, aber markierte Zettel gab es nur noch zwei. Seine Chancen hatten sich plötzlich von 10:1 auf 14:1 verbessert. Der Gemüsehändler hatte gezogen und danach gleichmütig und ohne Fremdäußerungen angedeutet, daß er außer Gefahr war. Freude zu zeigen war überhaupt schon von der ersten Ziehung an tabu: Man konnte einen zum Tod Verurteilten nicht noch dadurch verhöhnen, daß man die eigene Erleichterung offen zur Schau stellte.

Wieder überkam Chavel eine dumpfe Unruhe. Angst konnte man es noch nicht nennen – ihm war, als zöge sich etwas in seiner Brust zusammen. Er ertappte sich dabei, wie er gähnte, als der sechste Mann ein unmarkiertes Los zog, und eine Art Groll bemächtigte sich seiner, nachdem der zehnte Mann gezogen hatte – es war der, den sie Janvier nannten – und die Chancen wieder genau gleich standen wie zu Beginn. Einige Männer ergriffen das erste Papierstückchen, das ihnen unter die Finger kam; andere schienen zu argwöhnen, daß das Schicksal ihnen ein bestimmtes Los aufdrängen wollte: Noch ehe sie einen Zettel vollständig aus dem Schuh herausgezogen hatten, ließen sie ihn wieder los, um einen anderen zu nehmen. Die Zeit verstrich mit quälender Langsamkeit; der Mann namens Voisin saß an die Wand gelehnt, die nicht angezündete Zigarette zwischen den Lippen, und schenkte ihnen nicht die geringste Beachtung.

Die Chancen standen nur noch 1:8, als der ältere Büroangestellte – er hieß Lenôtre – das zweite markierte Los zog. Er räusperte sich und setzte seinen Zwicker auf, als wollte er sich vergewissern, daß ihm kein Irrtum unterlaufen war. «Ah, Monsieur Voisin», sagte er mit einem schwachen, unsicheren Lächeln, «darf ich mich zu Ihnen setzen?» Diesmal empfand Chavel keinerlei Freude, auch wenn das wankelmütige Glück die Chancen mit einem Schlag wieder auf 15:1 zu seinen Gunsten verschoben hatte: Die Tapferkeit dieser einfachen Leute schüchterte ihn ein. Er sehnte nur noch ein möglichst rasches Ende dieser ganzen Sache herbei: Wie bei einem Kartenspiel, das schon zu lange dauert, wünschte er nichts, als daß jemand mit einer heftigen Bewegung den Tisch umstoßen möge. Lenôtre, der neben Voisin an der Wand saß, drehte seinen Zettel um: Auf der Rückseite waren noch Reste handgeschriebener Sätze zu erkennen.

«Von deiner Frau?» fragte Voisin.

«Meiner Tochter», sagte Lenôtre. «Entschuldige mich bitte.» Er ging zu seiner Matratze und zog einen Notizblock darunter hervor. Dann setzte er sich wieder neben Voisin und begann zu schreiben, sorgfältig, ohne Eile, in dünner, leserlicher Schrift.

Die Chancen standen wieder 10 : 1.

Von da an schien sich die Entscheidung mit furchterregender Unentrinnbarkeit auf Chavel zuzubewegen; neun zu eins, acht zu eins: Als ob sich ein Zeigefinger auf ihn richtete. Die noch nicht an der Reihe gewesen waren, zogen nun eiliger und achtloser. Chavel dünkte es, als besäßen sie irgendeine geheime Information: Sie wußten, daß es auf ihn fallen würde. Als die Reihe an ihn kam, waren nur noch drei Zettel übrig, und Chavel empfand es als ungeheuerliche Ungerechtigkeit, daß er unter so wenigen auswählen sollte. Er zog einen Zettel aus dem Schuh und warf ihn dann, überzeugt, daß er ihm durch den Willen seiner Gefährten aufgezwungen worden war und das Bleistiftkreuz trug, zurück, um nach einem anderen zu greifen.

«Du hast geschaut, Anwalt», rief einer der beiden Männer, aber der andere beschwichtigte ihn.

«Er hat nicht geschaut. Jetzt hat er den mit dem Kreuz.»

4

«KOMMEN Sie herüber, Monsieur Chavel, und setzen Sie sich zu uns», sagte Lenôtre, als wollte er Chavel einladen, aufzurücken und bei einem offiziellen Diner am Ehrentisch Platz zu nehmen.

«Nein», sagte Chavel, «nein.» Er warf das Papierstück zu Boden und schrie:

«Ich war nie einverstanden mit der Auslosung. Ihr könnt mich nicht *zwingen*, für euch zu sterben...»

Sie sahen ihn erstaunt, aber ohne Feindseligkeit an. Er war ein vornehmer Herr. Sie beurteilten ihn nicht nach ihren eigenen Maßstäben: Er gehörte einer ihnen rätselhaften Klasse an, und sein Verhalten mit Feigheit zu erklären, kam ihnen zunächst gar nicht in den Sinn.

Krogh sagte: «Setz dich und ruh dich aus. Du brauchst dir jetzt doch keine Sorgen mehr zu machen.»

«Das könnt ihr nicht tun», sagte Chavel. «Das ist doch Wahnwitz. Die Deutschen werden mich gar nicht akzeptieren. Ich bin ein reicher Mann.»

Lenôtre sagte: «Regen Sie sich doch nicht so auf, Monsieur Chavel. Ist's nicht diesmal, so ist's halt ein andermal...»

«Das könnt ihr mir nicht antun», wiederholte Chavel.

«Wir sind's nicht, die dir was antun», sagte Krogh.

«Hört einmal», beschwor Chavel sie. Er hielt das Papierfetzchen hoch, und alle betrachteten ihn mit mitleidiger Neugier. «Ich biete demjenigen 100000 Francs, der das nimmt.»

Er war außer sich, nahezu buchstäblich außer sich. Ihm war, als stünde sein zweites Ich gelassen neben ihm, hörte seinen unsinnigen Vorschlag mit an und beobachtete, wie er flehte und sich dabei vor Furcht in beschämender Weise krümmte und wand. Er hatte das Gefühl, als flüsterte ihm der andere, der gelassene Chavel, ironisch heiter zu: «Eine prächtige Show. Trag noch ein bißchen dicker auf! Schauspieler hättest du werden sollen, Mensch. Man kann nie wissen. Vielleicht klappt es.»

Mit kleinen, raschen Schritten ging er von einem zum anderen und hielt jedem der Männer seinen Zettel unter die Nase, als wollte er ihn versteigern.

«100000 Francs», rief er flehend, und sie sahen ihm mit mitleidigem Entsetzen zu: Er war der einzige reiche Mann unter ihnen, und die Situation war beispiellos. Sie hatten keinerlei Vergleichsmöglichkeiten und nahmen deshalb an, sein Verhalten sei typisch für seine Klasse, nicht anders als ein Tourist, der im Hafen eines fremden Landes von Bord geht, um zu Mittag zu essen, den Charakter der Landesbevölkerung lebenslänglich nach dem schlauen Geschäftsmann beurteilt, der zufällig mit ihm am Tisch sitzt.

«100000 Francs», flehte er, und der kühle, schamlose Chavel an seiner Seite raunte ihm zu: «Du wiederholst dich. Wozu feilschen? Warum bietest du ihnen nicht alles an, was du besitzt?»

«Beruhigen Sie sich doch, Monsieur Chavel», sagte

Lenôtre. «Überlegen Sie einmal – es wird doch niemand sein Leben hergeben für ein Vermögen, von dem er ja nichts mehr hat.»

«Ich gebe euch alles, was ich besitze», sagte Chavel mit vor Verzweiflung brüchiger Stimme, «alles, mein Geld, die Grundstücke, St. Jean de Brinac...»

Voisin fuhr ungeduldig dazwischen: «Keiner von uns hat Lust zu sterben, Monsieur Chavel», und Lenôtre wiederholte mit empörender Selbstgerechtigkeit, wie dem hysterischen Chavel schien: «So beruhigen Sie sich doch, Monsieur Chavel...»

Plötzlich versagte Chavel die Stimme. «Alles», flüsterte er.

Nun riß ihnen endgültig die Geduld. Toleranz ist eine Frage der Geduld, Geduld ist eine Frage der Nerven, und ihre Nerven waren auf das äußerste gespannt. «Setz dich endlich», fuhr Krogh ihn an, «und halt's Maul.» Selbst jetzt noch rückte Lenôtre freundlich ein Stückchen zur Seite, um ihm Platz zu machen, und klopfte mit der flachen Hand neben sich auf den Fußboden.

«Aus», zischelte der gelassene Chavel, «vorbei. Du warst nicht gut genug. Du wirst dir etwas anderes ausdenken müssen...»

Da sagte eine Stimme: «Erklär mir das genauer. Vielleicht steig ich ein.» Es war Janvier.

5

Er hatte eigentlich nie ein Angebot erwartet: Hysterie, nicht Hoffnung hatte sein Verhalten bestimmt, und jetzt brauchte er eine Weile, bis er begriff, daß man ihn nicht verhöhnen wollte. Er wiederholte: «Alles, was ich besitze.» Wie Schorf blätterte die Hysterie von ihm ab und zurück blieb Scham.

«Verspotte ihn nicht», sagte Lenôtre.

«Ich spotte nicht. Ich sag dir doch, ich steig ein.»

Es entstand eine lange Pause, als wüßte keiner, was nun geschehen sollte. Wie übergibt man alles, was man besitzt? Sie musterten ihn, als erwarteten sie, daß er seine Taschen leerte. Chavel fragte: «Sie wollen wirklich für mich einspringen?»

«Ich springe für dich ein.»

Krogh knurrte verärgert: «Was nützt dir denn dann sein ganzes Geld?»

«Ich kann doch ein Testament machen, nicht?»

Voisin nahm plötzlich die unangezündete Zigarette aus dem Mund und schleuderte sie zu Boden. Wütend rief er: «Was macht ihr für ein verdammtes Theater! Wer hat sich da einzumischen? Wir können unser Leben auch nicht verkaufen, Lenôtre und ich. Wieso dann er?»

«Beruhigen Sie sich, Monsieur Voisin», sagte Lenôtre.

«Das ist ungerecht», knurrte Voisin.

Die meisten Männer in der Zelle teilten offenbar Voisins Gefühle: Sie hatten Chavels Hysterie geduldig über sich ergehen lassen – schließlich ist es kein Spaß, dem sicheren Tod ins Auge zu sehen, und von einem feinen Herrn durfte man nicht erwarten, daß er sich wie ein gewöhnlicher Mensch betrug. Genaugenommen waren ja die Leute dieser Klasse alle ein bißchen verweichlicht. Aber was da geschah, war etwas anderes. Wie Voisin gesagt hatte: Es war ungerecht. Nur Lenôtre nahm es mit Fassung: Er hatte sein ganzes Leben in einem Büro verbracht und von seinem Stuhl aus oft und oft Geschäftsabschlüsse mit angesehen, bei denen der Bessere den kürzeren zog.

Janvier unterbrach. «Ungerecht?» fragte er. «Warum soll es ungerecht sein, mir meinen Willen zu lassen? Ihr wäret alle gern reich, wenn ihr könntet, aber ihr habt nicht Mumm genug. Ich habe meine Chance erkannt und zugegriffen. Von wegen gerecht – natürlich ist das gerecht. Ich werde als reicher Mann sterben, und wer das ungerecht findet, der kann mich.» Wieder schepperten die Erbsen in der Blechdose, als er hustete. Er erstickte jeden Einwand im Keim: Schon jetzt zeigte er das Gehaben eines Menschen, dem die halbe Welt gehört. Wie schwere Gewichte verschoben sich ihre Maßstäbe – der Mann, der einmal reich gewesen war, war nun schon fast einer der ihren, während Janvier bereits über den Wolken schwebte, eingehüllt in den dunklen Nebel des Reichtums. Im Befehlston sagte er: «Komm her. Setz dich hier hin», und Chavel gehorchte, leicht gebeugt unter der Last der Scham über seinen Erfolg.

«Nun», sagte Janvier, «du bist ein Rechtsanwalt. Du mußt alles so zu Papier bringen, daß es seine Richtigkeit hat. Wieviel Geld ist da?»

«300000 Francs. Genau kann ich es nicht sagen.»

«Und der Besitz, von dem du immer redest? St. Jean?»

«Sechs Morgen Land und ein Haus.»

«Unbelastet?»

«Ja.»

«Und wo wohnst du in Paris? Hast du dort auch ein Haus?»

«Nur eine Wohnung. Sie gehört mir nicht.»

«Die Einrichtung?»

«Auch nicht – nur die Bücher.»

«Setz dich», sagte Janvier. «Du wirst mir jetzt – wie sagt man da? – eine Schenkungsurkunde aufsetzen.»

«Ja. Aber dazu brauche ich ein Blatt Papier.»

«Sie können meinen Notizblock haben», sagte Lenôtre.

Er setzte sich neben Janvier und begann zu schreiben: «Ich, Jean-Louis Chavel, Rechtsanwalt, wohnhaft 109, Rue de Miromesnil, Paris, und St. Jean de Brinac... meine sämtlichen Wertpapiere, Aktien, Bargeldkonten... alles Mobiliar und sonstige bewegliche Güter... den lastenfreien Besitz in St. Jean de Brinac...» Dann sagte er: «Jetzt brauchen wir noch zwei Zeugen», und aus alter Gewohnheit stellte Lenôtre sich sofort zur Verfügung. Er eilte herbei, als käme er auf das Klingelzeichen seines Chefs aus dem Vorzimmer.

«Du nicht», sagte Janvier grob. «Ich möchte lebende Menschen als Zeugen.»

«Hätten Sie vielleicht die Freundlichkeit?» fragte Chavel den Bürgermeister unterwürfig, als wäre er der kleine Büroangestellte.

«Hier handelt es sich um ein sehr sonderbares Dokument», sagte der Bürgermeister. «Ich weiß nicht, ob jemand in meiner Position so etwas unterzeichnen sollte...»

«Dann tu eben ich es», sagte Pierre und klatschte seine Unterschrift unter diejenige Chavels.

Der Bürgermeister erhob sich. «Jemand Vertrauenswürdiger wäre doch wohl ratsamer. Dieser Mensch würde für ein Glas Schnaps doch alles bezeugen», und er zwängte seine eigene Unterschrift in den Zwischenraum oberhalb von Pierres Namenszug. Als er sich vorbeugte, hörten sie das Ticken seiner großen Taschenuhr, das den kurzen Zeitraum bis zum Einbruch der Dunkelheit zerhackte.

«Und jetzt mein Testament», sagte Janvier. «Schreib auf: Alles, was ich besitze, vermache ich meiner Mutter und meiner Schwester, zu gleichen Teilen.»

«Das ist einfach», sagte Chavel, «dazu genügen ein paar Zeilen.»

«Nein, nein», sagte Janvier, «schreib alles noch einmal genau auf... die Aktien, das Geld auf der Bank, die unbelasteten Grundstücke und das Haus... die brauchen daheim doch etwas, womit sie den Nachbarn beweisen können, was für ein Mann ich bin.» Als auch das erledigt war, unterzeichneten Krogh und der

Gemüsehändler. «Du behältst die Papiere», trug Janvier dem Bürgermeister auf. «Die Deutschen erlauben dir vielleicht, sie abzuschicken, wenn sie mit mir fertig sind. Wenn nicht, mußt du sie behalten, bis der Krieg zu Ende ist...» Er hustete und lehnte sich, sichtlich erschöpft, an die Wand. Dann sagte er: «Ich bin ein reicher Mann. Ich hab es immer gewußt, daß ich einmal reich sein werde.»

Gleichmäßig zog sich das Licht aus der Zelle zurück. Wie ein Teppich rollte es sich vom einen Ende des Raumes zum anderen zusammen. Die einbrechende Dunkelheit hatte Janvier bereits verschluckt, während der Büroangestellte neben Voisin noch genug Licht zum Schreiben hatte. Ein grausiger Friede senkte sich herab, die Hysterie war verflogen, es gab nichts mehr zu besprechen. Die Taschenuhr und der Wecker tickten ungleichmäßig der Nacht entgegen, hie und da hustete Janvier. Als es vollends dunkel geworden war, sagte Janvier: «Chavel.» Es hörte sich an, als riefe er einen Dienstboten, und Chavel gehorchte. «Erzähl mir von meinem Haus», sagte Janvier.

«Es liegt ungefähr drei Kilometer außerhalb des Dorfes.»

«Wie viele Zimmer?»

«Da gibt es ein Wohnzimmer, mein Arbeitszimmer, den Salon, fünf Schlafzimmer, das Büro, wo ich mit Klienten spreche, natürlich ein Badezimmer, eine Küche... und Zimmer für das Personal.»

«Erzähl mir, wie die Küche aussieht.»

«Über die Küche kann ich nicht viel sagen. Ich weiß

nur, daß sie groß ist und einen Fliesenboden hat. Meine Haushälterin war immer sehr zufrieden damit.»

«Wo ist sie jetzt?»

«Zur Zeit wohnt niemand dort. Als der Krieg ausbrach, habe ich das Haus zugesperrt. Ich habe Glück gehabt. Die Deutschen haben es in Ruhe gelassen.»

«Und der Garten?»

«Er besteht aus einer kleinen Terrasse über einer Rasenfläche; der Grund ist leicht abschüssig, und man sieht bis zum Fluß hinunter und weiter bis nach St. Jean...»

«Hast du viel Gemüse angebaut?»

«Ja, und auch Obstbäume: Äpfel, Pflaumen, Nüsse. Und ein Glashaus gibt es auch.» Fast mehr zu sich selbst als zu Janvier fuhr er fort: «Man sieht das Haus gar nicht, wenn man den Garten betritt. Man geht durch ein hölzernes Tor, dann über einen langen, gewundenen Kiesweg zwischen Bäumen und Sträuchern. Plötzlich steht man direkt vor der Terrasse, und dann teilt sich der Weg: Links geht es zum Dienstboteneingang und rechts, rund um das Haus herum, zum Haupteingang. Meine Mutter hat oft hinausgeschaut, um Besucher, die sie nicht empfangen wollte, rechtzeitig kommen zu sehen. Niemand konnte das Haus betreten, ohne daß sie auf seinen Besuch vorbereitet war. Auch mein Großvater hat es als junger Mann schon so gehalten wie meine Mutter...»

«Wie alt ist das Haus?» unterbrach ihn Janvier.

«Zweihundertzwanzig Jahre», sagte Chavel.

«Zu alt», sagte Janvier. «Etwas Modernes wäre mir

lieber gewesen. Sie ist nämlich rheumatisch, meine alte Mutter.»

Längst waren die beiden von der Dunkelheit umgeben, nun verschwand auch der letzte Lichtschimmer von der Zellendecke. Wie auf ein Zeichen gingen alle zu Bett. Kissen wurden zurechtgeschüttelt, wie Kinder getätschelt und zärtlich unter den Kopf geschoben. Die Philosophen behaupten, daß Vergangenheit, Gegenwart und Zukunft gleichzeitig existieren, und hier, in dieser lastenden Dunkelheit, erwachte gewiß mancherlei Vergangenes zum Leben: Ein Pritschenwagen rollte über den Boulevard du Montparnasse, ein Mädchen bot die Lippen zum Kuß dar, ein Gemeinderat wählte einen neuen Bürgermeister; und für drei Männer stand ihre Zukunft so unverrückbar fest wie ihre Geburt: ein 40 Meter langer Aschenpfad und eine zerbröckelnde, mit Dellen übersäte Ziegelmauer.

Nun, da seine Hysterie verflogen war, schien es Chavel, als wäre dieser einfache Aschenpfad letztlich unendlich viel wünschenswerter als der lange, im Dunkel sich verlierende Weg, der vor ihm lag.

Zweiter Teil

6

Ein Mann, der sich Jean-Louis Charlot nannte, ging den Kiesweg zu dem Haus in St. Jean de Brinac hinauf.

Alles war noch so, wie er es in Erinnerung hatte, und doch irgendwie verändert, so als wären dieser Ort und er verschieden schnell gealtert. Vor vier Jahren hatte er das Haus zugesperrt, und während für ihn die Zeit fast stillgestanden hatte, war sie hier mit rasender Geschwindigkeit vorangeschritten. Mehr als zweihundert Jahre lang war das Haus fast unmerklich älter geworden: Die Jahre hatten kaum mehr bewirkt als ein leichtes Nachdunkeln der Ziegel. Wie das Gesicht einer alternden Frau war das Haus in Form gehalten worden: Die ersten Falten waren zur rechten Zeit geliftet worden. Die vergangenen vier Jahre aber hatten all diese Mühe zunichte gemacht: An der Fassade, die nicht erneuert worden war, zeichneten sich nun Risse und Sprünge ab.

Der Kies auf dem Weg war von Unkraut überwuchert, ein Baum war quer darüber gestürzt, und obwohl jemand die Äste als Brennholz abgehauen hatte, lag der Stamm immer noch da, wie zum Beweis, daß hier seit langem kein Wagen mehr vorgefahren war. Dem bärtigen Mann, der vorsichtig wie ein Fremder um jede Wegkrümmung bog, war jeder Schritt vertraut. Hier war er geboren. Als Kind hatte er in diesen Büschen Verstecken gespielt. Als Junge war er, von der Traurigkeit und Süße erster Liebe erfüllt, über die schattige Auffahrt gewandert...

Zehn Meter weiter hatte es ein kleines Tor zu einem Pfad gegeben, der, von dichten Lorbeerbüschen gesäumt, zum Küchengarten führte.

Das Tor war fort: Nur die Pfosten bewiesen, daß seine Erinnerung ihn nicht getrogen hatte. Selbst die Nägel, mit denen die Angeln befestigt gewesen waren, hatte man sorgfältig herausgezogen, um sie anderswo zu verwenden, wo sie dringender gebraucht wurden. Er bog vom Weg ab – dem Anblick des Hauses wollte er sich noch nicht aussetzen. Wie ein Verbrecher, der an den Tatort zurückkehrt, oder ein Liebhaber, den es zurücktreibt an den Ort, wo er Abschied nahm, umkreiste er das Terrain: Er wagte nicht, direkt auf sein Ziel zuzugehen und seine Pilgerfahrt dadurch vorzeitig zu beenden, denn danach hätte er nichts anderes mehr zu tun.

Das Glashaus war offensichtlich schon seit Jahren unbenützt, obwohl er sich erinnerte, daß er dem alten Mann, den er als Gärtner beschäftigte, aufgetragen hatte, den Garten weiter zu versorgen und das Gemüse in Brinac zum bestmöglichen Preis zu verkaufen. Möglich, daß der alte Mann gestorben war und daß sich niemand im Dorf gefunden hatte, der auf eigene Faust seine Nachfolge angetreten hätte. Vielleicht war das Dorf überhaupt ausgestorben. Von dem festgetretenen, unbebauten Beet neben dem Glashaus aus sah er den häßlichen roten Ziegelbau der Kirche, der in den Himmel stach wie ein Rufzeichen am Ende eines Satzes, den er von hier aus nicht lesen konnte.

Dann sah er, daß doch etwas angepflanzt worden war: Auf einem Fleckchen Erde hatte jemand das Unkraut gejätet, um dort ein paar Kartoffeln, Weißkohl und Wirsing anzubauen. Es sah aus wie ein Beet, das man Kindern zur Bepflanzung überlassen hat: ein Fleckchen Erde, kaum größer als ein Teppich. Rundum breitete sich trostlose Leere aus. Er erinnerte sich, was hier einst alles gewachsen war – Erdbeeren, Johannisbeer- und Himbeerbüsche, süß und bitter duftende Kräuter. Die Mauer, die den Garten von den Feldern trennte, war an einer Stelle eingestürzt oder von einem Plünderer beschädigt worden, der durch das alte Mauerwerk in den Garten eingedrungen war: Das war wohl schon lange her, denn Nesseln überwucherten die herausgebrochenen Steine. Lange stand er bei der Mauerlücke und betrachtete, was auch der Lauf der Zeit nicht zu ändern vermocht hatte – den sanften Wiesenhang, der zum Fluß und den Ulmen abfiel. Er hatte geglaubt, Heimat sei etwas wie Besitz, doch die Dinge, die man einst besessen hatte, unterlagen dem Fluch des Wandels; nur das, was er nicht besaß, blieb unverändert und hieß ihn willkommen.

Diese Landschaft gehörte nicht ihm, war nicht jemandes Heimat: Sie war einfach Heimat.

Nun konnte er eigentlich nur noch fortgehen. Und wenn er fortging, was sollte er dann anderes tun, als sich in den Fluß zu stürzen? Er hatte fast kein Geld mehr: Nach kaum einer Woche in Freiheit mußte er erkennen, daß er keine Chance hatte, Arbeit zu finden.

Um sieben Uhr morgens (fünf Minuten danach auf der Taschenuhr des Bürgermeisters und zwei Minuten davor auf Pierres Wecker) waren die Deutschen Voisin, Lenôtre und Janvier holen gekommen. Es war der beschämendste Augenblick seines Lebens gewesen, als er an die Wand gelehnt dasaß, die Gesichter seiner Zellengenossen beobachtete und auf das Krachen der Schüsse wartete. Er war nun einer der ihren geworden, ein Mensch ohne Geld und Stellung, und unbewußt hatten sie ihn seither akzeptiert und zugleich begonnen, ihn nach ihren eigenen Maßstäben zu beurteilen – und zu verurteilen. Das war die beschämendste Erfahrung seines Lebens gewesen, doch die Scham, die er nun in dem Augenblick empfand, als er sich wie ein Bettler auf das Haustor zuschleppte, traf ihn beinahe ebenso tief. Widerstrebend hatte er sich eingestehen müssen, daß Janvier ihm selbst als Toter noch von Nutzen sein konnte.

Die leeren Fensterhöhlen blickten ihm entgegen wie die Augen von Männern, die im Kreis an einer Zellenmauer sitzen. Er hob nur kurz den Kopf und sah alles auf einen Blick: die Fensterrahmen, von denen der

Lack abblätterte, die zerbrochenen Scheiben in seinem ehemaligen Bibliothekszimmer, das an zwei Stellen abgebrochene Terrassengeländer. Dann senkte er wieder die Augen und sah auf seine Füße, die über den Kies schlurften. Plötzlich kam ihm der Gedanke, das Haus könnte vielleicht immer noch leerstehen, doch als er um die Terrassenecke bog und langsam die Stufen zum Eingang hochstieg, bemerkte er die gleichen minimalen Anzeichen von Bewohntheit wie im Gemüsegarten.

Die Treppe war makellos sauber. Als er die Hand ausstreckte, um zu klingeln, vollzog er damit eine Geste der Verzweiflung. Er hatte getan, was er konnte, um nicht zurückzukehren, doch nun war er da.

7

SCHON seit Monaten wehten die Fahnen des befreiten Landes, als Jean-Louis Charlot nach Paris zurückkehrte. Das Oberleder seiner Schuhe war noch gut, die Sohlen dagegen fast papierdünn, und seinem dunklen Anzug sah man die Spuren der mehrjährigen Gefangenschaft an. Er selbst hatte sich auch im Gefängnis als einen Menschen mit gepflegtem Äußeren betrachtet, doch jetzt befingerte das erbarmungslose Sonnenlicht wie ein Altwarenhändler seine Kleider und brachte den abgewetzten Stoff, die fehlenden Knöpfe, die Schmuddeligkeit seines Aussehens zum Vorschein. Einen gewissen Trost fand er darin, daß auch die Stadt selbst schmuddelig wirkte.

In der Tasche hatte Charlot einen in Zeitungspapier gewickelten Rasierapparat und ein kleines Stückchen Seife, und er besaß 300 Francs. Dokumente besaß er keine, dafür aber etwas, das wertvoller war als Papiere – die von der Gefängnisleitung ausgestellte Bestätigung, auf der die Deutschen im Vorjahr sorgfältig seine unrichtigen Angaben eingetragen hatten – den Namen Charlot eingeschlossen. In Frankreich war ein solches Dokument damals mehr wert als legale Papiere, denn kein Kollaborateur besaß von den Deutschen ausgestellte Gefängnisakten mit authentischen Fotografien en face und im Profil. Seit Charlot sich einen Bart hatte wachsen lassen, war sein Aussehen zwar verändert, aber es blieb, wenn man es genau betrachtete, dasselbe Gesicht. Die Deutschen waren gründliche Archivare und technisch auf dem neuesten Stand: Fotografien lassen sich auf Dokumenten leicht durch andere ersetzen; mit Hilfe der plastischen Chirurgie können Narben erzeugt oder beseitigt werden, aber es ist nicht so einfach, die Schädelmaße eines Menschen zu verändern, und eben diese hatten die Deutschen mit größter Akribie festgehalten.

Dennoch fühlte sich kein Kollaborateur so gejagt wie Charlot, denn seine Vergangenheit war nicht weniger schändlich: Er konnte niemandem erzählen, wie er seinen Besitz verloren hatte – falls es sich nicht schon herumgesprochen hatte. Auf der Straße fühlte er sich durch den Blick jedes noch so entfernten Bekannten verfolgt, jeder Rücken, der ihm bekannt erschien, vertrieb ihn aus dem Bus. Freiwillig hielt er sich in einem Paris auf, das ihm fremd war. Sein Paris war sehr eng begrenzt gewesen: Es beschränkte sich auf den Umkreis seiner Wohnung, das Gericht, die Oper, den Bahnhof, ein oder zwei Restaurants und die kürzesten Verbindungswege zwischen den genannten Fixpunkten. Nun brauchte er nur ein paar Schritte über dieses Areal hinauszugehen und war in einer fremden Welt: Die Métro breitete sich wie ein Dschungel unter ihm aus: Combat und die Außenbezirke waren Wüsten, die er unbesorgt durchstreifen konnte.

Doch er hatte mehr zu tun, als nur herumzustreifen: Er mußte Arbeit finden. Es gab Augenblicke – wie nach dem ersten Glas Wein in Freiheit –, in denen er sich durchaus fähig fühlte, noch einmal von vorn anzufangen: sich das Vermögen, das er überschrieben hatte, wieder zusammenzusparen. Ein plötzlicher Tagtraum gaukelte ihm schließlich vor, er hätte sein Haus in St. Jean de Brinac zurückgekauft und schlenderte glücklich von Zimmer zu Zimmer, bis er in einem Wasserkrug plötzlich sein Spiegelbild – das bärtige Antlitz Charlots – erblickte. Es war das Gesicht eines Versagers. Merkwürdig, dachte er, daß ein einmaliges Versagen der Nerven sein Gesicht so dauerhaft geprägt hatte, daß es aussah wie das eines Vagabunden; wenn es natürlich auch, wie er gerechterweise zugeben mußte, kein einmaliges Versagen gewesen war, sondern eine lebenslange Vorbereitung diesem einen Ereignis vorausgegangen war. Auch ein Bild ist nicht das Werk weniger Stunden, sondern das Ergebnis jahrelanger Erfahrung, noch ehe der Künstler überhaupt den Pinsel zur Hand nimmt, und nicht anders ist es mit dem Versagen. Ein angesehener Anwalt war er durch einen glücklichen Zufall geworden: Er hatte mehr Geld geerbt, als er jemals selbst verdient hatte; wäre es von ihm allein abgehangen, so hätte er es, dachte er nun, wohl niemals so weit gebracht.

Nichtsdestoweniger unternahm er mehrere Versuche, sich seinen Lebensunterhalt nun auf vernünftige Weise zu verdienen. Er bewarb sich um die Stelle eines Lehrers in einem der zahllosen Sprachinstitute der Innenstadt. Obwohl der Krieg außerhalb Frankreichs immer noch grollte, machten die Berlitz Schools und ähnliche Institutionen blühende Geschäfte: Als Ersatz für die Touristen aus Friedenszeiten gab es mehr als genug ausländische Soldaten, die unbedingt Französisch lernen wollten.

Ein magerer, gewandter Herr in einem Gehrock, von dem ein schwacher Geruch nach Mottenkugeln ausging, interviewte ihn. «Tut mir leid», sagte er zum Schluß, «aber Ihr Akzent ist nicht gut genug.»

«Nicht gut genug!» rief Charlot.

«Nicht gut genug für dieses Institut. Wir stellen sehr hohe Anforderungen, unsere Lehrer müssen den besten, den allerbesten Pariser Akzent sprechen. Ich bedaure, Monsieur.» Er sprach mit übertriebener Deutlichkeit, so als wäre er gewöhnt, nur mit Ausländern zu reden, und verwendete nur die einfachsten Sätze – offenbar unterrichtete er nach der *direct method*. Sein nachdenklicher Blick blieb an Charlots abgetragenen Schuhen hängen. Charlot empfahl sich.

Vielleicht erinnerte ihn irgend etwas an dem Mann an Lenôtre. Beim Verlassen des Sprachinstituts fiel ihm plötzlich ein, daß er als Büroangestellter recht gut sein Auskommen finden könnte. Seine juristischen Kenntnisse würden ihm von Nutzen sein, und er könnte sie damit erklären, daß er gerne Notar geworden wäre, wenn seine finanziellen Mittel das erlaubt hätten ... Er meldete sich auf eine Anzeige im *Figaro*. Es war eine Adresse im dritten Stock eines hohen grauen Gebäudes hinter dem Boulevard Haussmann. Dort fand er ein Büro vor, das so aussah, als wäre es nach einer feindlichen Besetzung eben erst gereinigt worden. Staub und Stroh waren einfach zur Wand gefegt worden, und die Einrichtung sah aus, als hätte man sie eben erst aus den Kisten hervorgeholt, in die man sie vor Menschengedenken verpackt hatte. Man vergißt immer, wie sehr man selbst und die Welt um einen herum gealtert sind, wenn ein Krieg zu Ende geht: Es bedarf eines Möbelstücks oder eines Damenhuts, um einem das bewußt zu machen. Hier bestand die gesamte Einrichtung aus Stahlrohrmöbeln, so daß das Zimmer aussah wie der Maschinenraum eines Schiffs, eines schon vor Jahren gestrandeten Schiffs allerdings, denn das Stahlrohr hatte allen Glanz verloren. Die schon 1939 nicht mehr modernen Möbel erweckten 1945 den Eindruck von Museumsstücken. Charlot wurde von einem alten Herrn begrüßt: Als die Möbel neu waren, mußte er noch jung genug gewesen sein, um einen Blick für das Extravagante, für modischen Pfiff und Chic gehabt zu haben. Er nahm auf einem der Stahlrohrstühle Platz, als befände er sich in einem öffentlichen Wartezimmer, und sagte bedrückt: «Ich nehme an, daß auch Sie, wie jedermann, alles vergessen haben?»

«Ich weiß noch eine Menge», sagte Charlot.

«Wir können zur Zeit keine hohen Gehälter zahlen», sagte der alte Herr, «aber sobald sich die Verhältnisse wieder normalisieren... die Nachfrage nach unserem Produkt ist immer groß gewesen...»

«Ich würde ohne weiteres», sagte Charlot, «mit einem kleinen Gehalt beginnen...»

«Das Wichtigste», sagte der alte Mann, «ist die Begeisterung, der Glaube an unser Produkt. Schließlich ist es ein Produkt, das sich bereits bewährt hat. Vor dem Krieg waren unsere Umsätze ausgezeichnet, wirklich ganz ausgezeichnet. Natürlich waren die Zeiten günstiger, aber in Paris gibt es immer Touristen. Und selbst in der Provinz hat sich unser Produkt gut verkauft. Ich würde Ihnen gern die genauen Ziffern nennen, aber leider sind unsere Bücher verlorengegangen.» Man hätte meinen können, daß er nicht einen künftigen Angestellten interviewte, sondern einen Geldgeber zu gewinnen versuchte.

«Ach so», sagte Charlot, «ach so.»

«Wir müssen unser Produkt wieder bekannt machen. Sobald es nur bekannt genug ist, wird die Nachfrage ohne Zweifel ebenso groß sein wie früher. Qualität macht sich bezahlt.»

«Da haben Sie sicher recht.»

«Und aus diesem Grund», sagte der alte Herr, «müssen wir alle unsere Kräfte aufbieten... ein Unternehmen auf genossenschaftlicher Basis... das Gefühl der Loyalität... Ihre Ersparnisse sind bei uns ganz sicher angelegt.» Er wedelte mit der Hand über das Gewirr von Stahlrohrsesseln. «Das verspreche ich Ihnen.»

Um welches Produkt es ging, sollte Charlot nie erfahren, doch ein Stockwerk tiefer stand auf dem Treppenabsatz eine geöffnete Kiste, und aus dem Stroh ragte eine ungefähr einen Meter hohe, scheußliche Stahlkonstruktion, eine Tischlampe in Form des Eiffelturms. Die Leitungsschnur lief durch den Liftschacht wie das Seil eines alten Hotellifts, und in die Turmspitze war eine Glühbirne eingeschraubt. Möglicherweise hatte der alte Herr in Paris keine andere Schreibtischlampe auftreiben können – vielleicht aber – wer weiß? – war dies das Produkt, von dem er gesprochen hatte...

Mit 300 Francs würde man im jetzigen Paris nicht lange auskommen. Charlot meldete sich also auf eine zweite Anzeige, doch der Arbeitgeber verlangte ordentliche Ausweispapiere von ihm. Die Gefängnisdokumente beeindruckten ihn nicht. «Davon kann man jede Menge kriegen», sagte er, «für 100 Francs.» Er war auch durch die genauen Meßdaten der deutschen Behörden nicht zu überzeugen. «Ich bin nicht dazu da, Ihren Schädel abzumessen oder Ihre Beulen abzutasten», sagte er. «Gehen Sie zum Rathaus und lassen Sie sich ordentliche Dokumente ausstellen. Sie scheinen ein fähiger Mann zu sein. Bis morgen mittag reserviere ich Ihnen die Stelle...»

Doch Charlot kehrte nicht zurück.

Er hatte seit 36 Stunden nicht mehr als zwei Brötchen gegessen: Plötzlich wurde ihm bewußt, daß er wieder dort angelangt war, wo er begonnen hatte. In der milden Nachmittagssonne lehnte er sich gegen eine Mauer und vermeinte das Ticken der Uhr des Bürgermeisters zu hören. Er hatte einen weiten Weg zurückgelegt und zahlreiche Mühen auf sich genommen, und nun stand er wieder am Ende des Aschenpfads, mit dem Rücken zur Mauer. Er würde sterben und hätte doch ebensogut als reicher Mann sterben können und damit sich und anderen Unannehmlichkeiten erspart. Langsam ging er auf die Seine zu.

Auf einmal konnte er die Uhr des Bürgermeisters nicht mehr hören: Statt dessen vernahm er aus allen Richtungen ein Schlurfen und Tappen. Er hörte es so deutlich, wie er vorhin die Uhr des Bürgermeisters gehört hatte, und ihm dämmerte, daß vielleicht beides Sinnestäuschungen waren. Am Ende einer langen, menschenleeren Straße sah er den Fluß schimmern. Er merkte, daß er außer Atem war, lehnte sich gegen eine Bedürfnisanstalt und wartete eine Weile mit gesenktem Kopf, weil der Fluß seine Augen blendete. Das Schlurfen und Tappen hinter ihm kam allmählich näher, dann brach es ab. Nun, auch die Uhr hatte zu ticken aufgehört. Er beschloß, die Sinnestäuschungen nicht mehr zu beachten.

«Pidot», sagte eine Stimme, «Pidot.» Er hob rasch den Kopf, doch es war niemand zu sehen.

«Sie sind doch Pidot?» sagte die Stimme.

«Wo sind Sie?» fragte Charlot.

«Hier natürlich.» Pause; dann flüsterte ihm die Stimme wie die Stimme des Gewissens fast direkt ins Ohr: «Sie sehen erledigt aus, völlig fertig. Ich habe Sie kaum wiedererkannt. Sagen Sie mir, kommt wer?»

«Nein.» Als Kind, auf dem Land, in den Wäldern um Brinac, hatte man geglaubt, daß aus den Blütenkelchen der Blumen oder den Wurzeln der Bäume plötzlich Stimmen zu einem sprechen könnten; hier in der Stadt jedoch, am Ende seines Lebens, konnte man nicht an sprechende Pflastersteine glauben. Wieder fragte er: «Wo sind Sie?», dann begriff er plötzlich seine eigene Dummheit – unter dem grünen Blechrand der Bedürfnisanstalt sah er ein paar Beine von den Schienbeinen abwärts hervorlugen. Sie steckten in einer schwarzen Nadelstreifenhose, der Hose eines Anwalts, eines Arztes oder sogar eines Abgeordneten, doch die Schuhe waren seit Tagen nicht geputzt worden.

«Ich bin Monsieur Carosse, Pidot.»

«Ja?»

«Sie wissen ja. Man wird das Opfer von Mißverständnissen.»

«Aha.»

«Was hätte ich denn tun sollen? Man muß schließlich leben. Ich habe mich völlig korrekt verhalten – mich distanziert. Das weiß niemand besser als Sie, mein armer Pidot. Wahrscheinlich wird Ihnen auch alles mögliche zur Last gelegt?»

«Ich bin erledigt.»

«Nur Mut, Pidot. Nur nicht aufgeben. Ein Vetter zweiten Grades von mir, der in London war, tut sein Bestes, um alles wieder in Ordnung zu bringen. Sie kennen doch sicher den oder jenen?»

«Warum kommen Sie da nicht heraus und zeigen sich?»

«Lieber nicht, Pidot. Einzeln könnten wir durchkommen, aber zu zweit... das wäre zu riskant.» Nervös bewegte sich die Nadelstreifenhose. «Kommt wer, Pidot?»

«Nein, niemand.»

«Hören Sie mal, Pidot. Ich möchte Sie bitten, Madame Carosse eine Nachricht zu überbringen. Sagen Sie ihr, es geht mir gut. Ich bin unterwegs in den Süden. Ich möchte versuchen, in die Schweiz zu gehen, bis hier alles vorbei ist. Armer Pidot, Sie könnten ein paar hundert Francs jetzt recht gut gebrauchen, nicht wahr?»

«Ja.»

«Ich lege Ihnen das Geld hier auf den Sims. Sie werden ihr die Nachricht überbringen, nicht wahr, Pidot? Sie wissen schon, am gewohnten Ort. Im dritten Stock. Ich hoffe, man hat meine Alte nicht kahlgeschoren. Sie war doch so stolz auf ihr Haar, die alte Schlampe. Also, adieu und viel Glück, Pidot.» Ein scharrendes Geräusch drang aus der Bedürfnisanstalt, dann entfernte sich das Schlurfen und Tappen in entgegengesetzter Richtung. Charlot blickte dem Fremden nach: ein großer, untersetzter Mann im schwarzen

Anzug, der einen Fuß nachzog und einen ganz ähnlichen Hut trug wie ihn Charlot – ach, wie viele Jahre war das her – auf dem Weg von der Rue de Miromesnil zum Gericht getragen hatte.

Auf einem Sims in der Bedürfnisanstalt fand er einige zusammengerollte Scheine – 300 Francs. Wer immer Monsieur Carosse sein mochte, er besaß jedenfalls die seltene Tugend, Wort zu halten. Charlot lachte: Es hallte hohl zwischen den metallenen Wänden. Eine Woche war verstrichen, und er hatte wieder genausoviel wie zu Beginn: 300 Francs. Als hätte er die ganze Zeit von Luft gelebt – oder, besser gesagt, als hätte eine scheinbar gute, in Wahrheit aber böse Fee ihn mit einer unerschöpflichen Brieftasche bedacht, einer Brieftasche allerdings, der er nie mehr als 300 Francs entnehmen konnte. Oder zahlte ihm vielleicht der Tote diese Rente von seinen 300 000 Francs?

Das wird sich bald herausstellen, dachte Charlot; was nützt es, mit dem Geld eine Woche zu fristen, nur um danach wieder eine Woche älter und verbrauchter zu sein? Es war gerade die rechte Zeit für einen Apéritif, und zum erstenmal, seit er in Paris war, wagte er sich auf vertrautes Gebiet, jenes Gebiet, von dem er jeden Quadratzentimeter kannte.

Bis dahin war ihm die Andersartigkeit der Stadt noch gar nicht recht zu Bewußtsein gekommen: Eine Straße, die man nicht kannte, war vielleicht seit eh und je wenig frequentiert gewesen, hier aber fiel ihm die ungewohnte Leere auf, die kleinen Tretwagen, die lautlos vorüberglitten, die Schäbigkeit der Markisen und die fremden Gesichter. Nur hie und da sah er Vertrautes, einen Ausländer etwa, der an demselben Platz saß wie vor Jahren und an dem immer gleichen Drink nippte. Solche Gestalten erschienen ihm wie Überreste eines alten Blumengartens inmitten einer von Unkraut überwucherten Wildnis, die ein pflichtvergessener Gärtner hinterlassen hat.

Heute nacht werde ich sterben, dachte Charlot: Was macht es schon aus, wenn mich jemand erkennt. Er drückte die Glastür seines einstigen Stammcafés auf und steuerte auf einen Eckplatz am rechten Ende der langen Sitzbank unter dem goldgerahmten Spiegel zu, auf den er immer eine Art Vorrecht beansprucht hatte. Der Platz war besetzt.

Ein amerikanischer Soldat saß dort: ein junger Mann mit breiten Backenknochen und der tolpatschigen Freundlichkeit eines jungen Hundes. Der Kellner buckelte vor ihm, lächelte und redete mit ihm, als wäre er der älteste Stammkunde. Charlot setzte sich und beobachtete die Szene: Sie erschien ihm wie ein ehebrecherischer Akt.

Der Oberkellner, der immer einige Worte mit ihm gewechselt hatte, ging nun an ihm vorüber, als existierte er gar nicht, und auch er blieb am Tisch des Amerikaners stehen. Die Erklärung dafür ließ nicht lange auf sich warten – das dicke Bündel Banknoten, das der Yankee zum Zahlen hervorzog –, und plötzlich wurde Charlot bewußt, daß auch er einmal dicke Banknotenbündel besessen hatte, ein zahlungskräftiger Kunde gewesen war. Nicht, daß er sich nun in einen Geist verwandelt hätte: Er war bloß ein Mensch ohne Geld. Er trank seinen Cognac aus und bestellte einen zweiten: Die langsame Bedienung ärgerte ihn. Er rief nach dem Oberkellner. Der Mann versuchte sich erst taub zu stellen, mußte schließlich aber doch herbeikommen.

«Nun, Jules», sagte Charlot.

Die ausdruckslosen Augen zwinkerten mißbilligend: Ihn bei seinem Vornamen zu rufen, erlaubte der Mann nur guten Bekannten – den zahlungskräftigen Kunden –, dachte Charlot.

«Sie erinnern sich also nicht an mich, Jules», sagte er.

Der Kellner wurde verlegen: Möglicherweise klang der Tonfall der Stimme seinen Ohren vertraut. Die Zeiten waren verwirrend: Manche Kunden waren gänzlich verschwunden, manche hatten sich nur versteckt gehalten und waren völlig verändert aus der Gefangenschaft zurückgekehrt, wieder andere, die sich nicht versteckt gehalten hatten, galt es nun im Interesse des Betriebes fernzuhalten.

«Nun ja, Monsieur, Sie sind schon länger nicht mehr hier gewesen…»

Der Amerikaner begann laut mit einer Münze auf den Tisch zu klopfen.

«Entschuldigen Sie mich», sagte der Kellner.

«Nein, Jules, Sie können einen alten Kunden doch nicht einfach so stehenlassen. Denken Sie sich den Bart einmal fort.» Er verdeckte sein Kinn mit der

Hand. «Erkennen Sie nun jemanden namens Chavel, Jules?»

Wieder klopfte der Amerikaner ungeduldig mit seiner Münze, doch diesmal schenkte Jules ihm keine Beachtung, sondern gab einem anderen Kellner ein Zeichen, den Mann zu bedienen.

«Nein, so was, Monsieur Chavel», sagte er, «Sie haben sich aber verändert. Ich bin erstaunt... ich hatte gehört...» Doch offenkundig konnte er sich nicht mehr erinnern, was er gehört hatte. Es war schwierig, sich zu merken, welche seiner Kunden Helden, welche Verräter und welche einfach nur Kunden waren.

«Die Deutschen haben mich eingesperrt», sagte Chavel.

«Ach ja, das muß es gewesen sein», sagte Jules erleichtert. «Aber jetzt ist Paris fast wieder, was es einmal war, Monsieur Chavel.»

«Nicht ganz, Jules.» Mit einer Kopfbewegung wies er in Richtung seines Stammplatzes.

«Ach so. Ich werde dafür sorgen, daß Ihnen Ihr Platz für morgen reserviert wird, Monsieur Chavel. Wie geht es Ihrem Haus in – wie hieß der Ort?»

«Brinac. Es ist jetzt vermietet.»

«Hat es nichts abgekriegt?»

«Ich glaube nicht. Ich war noch nicht dort. Ehrlich gesagt, Jules, bin ich erst heute in Paris angekommen. Ich habe kaum genug Geld zum Übernachten.»

«Kann ich Ihnen vielleicht ein wenig aushelfen, Monsieur Chavel?»

«Nein. Ich werde es schon irgendwie schaffen.»

«Dann müssen Sie wenigstens heute abend unser Gast sein. Noch einen Cognac, Monsieur Chavel?»

«Danke, Jules.» Diese Probe, dachte er, wäre bestanden: Die Brieftasche ist tatsächlich unerschöpflich. Ich habe immer noch 300 Francs.

«Glauben Sie an den Teufel, Jules?»

«Selbstverständlich, Monsieur Chavel.»

Er wurde von Leichtsinn gepackt: «Haben Sie schon gehört, daß ich Brinac verkaufen will?»

«Zahlt man Ihnen einen guten Preis dafür, Monsieur Chavel?»

Plötzlich fühlte Charlot sich von Jules angewidert: Nicht zu glauben, daß ein Mensch so gefühllos sein konnte. Gab es für ihn denn nichts auf dieser Welt, das er um keinen Preis verkaufen würde? Dieser Mensch wäre wohl imstande, sogar sein Leben zu verschachern. Laut sagte er: «Es tut mir leid.»

«Wieso denn, Monsieur Chavel?»

«Gibt es nach all diesen Jahren nicht Hunderte Dinge, die wir allen Grund hätten zu bedauern?»

«Wir hier haben nichts zu bedauern, Monsieur Chavel. Ich versichere Ihnen, daß wir uns immer absolut korrekt verhalten haben. Ich habe es immer als Ehrensache betrachtet, Franzosen zuerst zu bedienen – sogar dann, wenn der deutsche Gast ein General war.»

Er beneidete Jules, daß er imstande gewesen war, «korrekt» zu bleiben: daß er sich durch wohldosierte kleine Grobheiten oder Unaufmerksamkeiten seine Selbstachtung bewahrt hatte. Ihn jedoch – ihn hätte es das Leben gekostet, korrekt zu bleiben. Unvermittelt sagte er: «Wissen Sie, ob von der Gare Montparnasse schon wieder Züge abfahren?»

«Einige wenige, und die fahren sehr langsam. Es gibt nicht genügend Kohle. Sie halten an jeder Station. Manchmal bleiben sie die ganze Nacht über stehen. Sie wären frühestens am Morgen in Brinac.»

«Ich habe keine Eile.»

«Werden Sie erwartet, Monsieur Chavel?»

«Von wem?»

«Von Ihren Mietern?»

«Nein.» Der Cognac, an den er nicht mehr gewöhnt war, weckte unbewußte Wünsche in ihm. In dem vertrauten Café, wo er bis zu den Schrammen an Spiegeln und Mauerecken alles so wiederfand, wie er es in Erinnerung hatte, überkam ihn plötzlich eine ungeheure Sehnsucht, einfach aufzustehen, zum Bahnhof zu gehen und nach Hause zu fahren, wie er es früher so oft getan hatte: Er wollte einer plötzlichen, unvorhergesehenen Laune nachgeben und am Ziel freundlich willkommen geheißen werden. Zum Sterben bleibt mir schließlich immer noch Zeit genug, dachte er.

8

Die Glocke war, wie fast alles hier, altmodisch. Sein Vater hatte für elektrischen Strom nichts übrig gehabt, und obwohl er es sich ohne weiteres hätte leisten können, in Brinac Elektrizität einleiten zu lassen, blieb er bis kurz vor seinem Tod lieber bei den alten Petroleumlampen (deren Licht besser für die Augen sei, wie er behauptete) und den alten Glocken, die an langen Metallzügen baumelten. Er selbst hatte das Haus zu sehr geliebt, um auch nur die kleinste Veränderung vornehmen zu lassen: In Paris hatte er genug elektrischen Strom; wenn er nach Brinac fuhr, wünschte er sich in einer stillen, dämmerigen Höhle zu verkriechen – wo ihn kein lästiger Telefonanruf erreichen konnte. So hörte er nun das langgezogene Krächzen des Drahts, ehe die Glocke hinten in einem Nebenraum der Küche zu schwingen begann. Hätte er sich im Innern des Hauses befunden, so hätte diese Glocke sicher anders geklungen: weniger hohl, freundlicher, nicht so abgerissen wie der trockene Husten eines Lungenkranken... Durch die Büsche wehte eine kalte Morgenbrise und zerzauste das kniehohe Unkraut auf dem Kiespfad. Irgendwo, vielleicht im Geräteschuppen, klapperte ein loses Brett. Ohne Vorwarnung öffnete sich die Tür.

Das mußte Janviers Schwester sein. Er erkannte sie an der Familienähnlichkeit und sah plötzlich die Züge ihres Bruders hinter den ihren aufblitzen. Sie war blond und mager, und trotz ihrer Jugend war auch auf ihrem Gesicht schon jener Anflug von Leichtsinn zu erkennen, der offenbar ein Familienmerkmal war. Nun, da er vor ihr und sie vor ihm stand, fand er kein Wort der Erklärung: Er stand da wie ein beschriebenes Blatt, das darauf wartet, gelesen zu werden.

«Sie möchten etwas zu essen haben», sagte sie. Wie so viele Frauen hatte sie mit einem einzigen Blick das ganze Blatt gelesen, bis hin zu der Fußnote seiner abgetragenen Schuhe. Er machte eine Handbewegung, die ebensogut Ablehnung wie Annahme ausdrücken mochte. Sie sagte: «Wir haben nicht viel im Haus. Sie wissen, wie das heute ist. Für mich wäre es einfacher, Ihnen Geld zu geben.»

Er sagte: «Ich habe Geld... 300 Francs.»

Sie sagte: «Kommen Sie doch herein. Aber tragen Sie mir nicht zuviel Schmutz ins Haus. Ich habe die Treppen gerade erst gewaschen.»

«Ich werde mir die Schuhe ausziehen», sagte er demütig und folgte ihr in das Hausinnere; durch die Socken spürte er die Kälte des Parkettbodens dringen. Alles hatte sich ein wenig zum Schlechteren verändert: Es war deutlich zu sehen, daß das Haus in fremde Hände geraten war. Der große Spiegel war abgenommen worden und hatte einen häßlichen Fleck auf der Wand hinterlassen; die Kommode war verschoben, ein Stuhl fehlte; einen Stich, der eine Seeschlacht bei Brest darstellte, hatte jemand an eine andere Stelle gehängt – ohne Geschmack, dachte er. Vergeblich hielt er nach einer Fotografie seines Vaters Ausschau und rief plötzlich wütend aus: «Wo ist denn...»

«Wo ist was?»

Er zwang sich zur Beherrschung. «Ihre Mutter», sagte er.

Sie drehte sich zu ihm um und sah ihn an, als wäre ihr bei der ersten Lektüre etwas entgangen. «Woher wissen Sie etwas von meiner Mutter?»

«Janvier hat mir von ihr erzählt.»

«Wer ist Janvier? Ich kenne keinen Janvier.»

«Ihr Bruder», sagte er. «Im Gefängnis haben wir ihn immer Janvier genannt.»

«Sie waren mit ihm dort?»

«Ja.»

Er sollte noch erfahren, daß sie nie so reagierte, wie man erwartete: Er hatte geglaubt, sie würde nun ihre Mutter rufen, statt dessen aber legte sie ihm die Hand auf den Arm und sagte: «Sprechen Sie nicht so laut.» Dann erklärte sie: «Meine Mutter weiß nichts davon.»

«Von seinem Tod?»

«Von der ganzen Sache. Sie glaubt, er hat ein Vermögen gemacht – irgendwo. Einmal ist es England, einmal Südamerika. Sie sagt, sie hätte immer schon gewußt, daß er ein kluger Kopf ist. Wie heißen Sie?»

«Charlot. Jean-Louis Charlot.»

«Haben Sie den anderen auch gekannt?»

«Sie meinen... Ja, ich kannte ihn. Ich glaube, ich sollte lieber gehen, bevor Ihre Mutter kommt.»

Eine schrille Greisenstimme rief von der Treppe herab: «Thérèse, wer ist denn da bei dir?»

«Jemand», sagte das Mädchen, «der Michel kennt.»

Eine alte Frau schleppte sich mühselig über die letzten Treppenstufen in die Vorhalle, eine riesenhafte Greisin, die in so viele Schals gehüllt war, daß sie aussah wie ein ungemachtes Bett. Selbst ihre Füße, die nun humpelnd auf ihn zuschlurften, waren mit Tüchern umwickelt. Es fiel einem schwer, für diesen wandernden Berg Sympathie oder gar Schutzbedürfnis aufzubringen. Diese gewaltigen Mutterbrüste waren ohne Zweifel dazu bestimmt, Schutz zu bieten und nicht Schutz zu suchen. «Nun also», sagte sie, «wie geht es Michel?»

«Es geht ihm gut», sagte das Mädchen.

«Dich habe ich nicht gefragt. Sagen Sie mir: Wie ging es ihm, als Sie ihn zuletzt sahen?»

«Es ging ihm gut», wiederholte Charlot. «Er bat mich, Sie zu besuchen und mich zu erkundigen, wie es Ihnen geht.»

«Er hat Sie also darum gebeten? Da hätte er Ihnen aber wenigstens ein Paar neue Schuhe schenken können für Ihren Besuch», sagte sie spitz. «Er hat doch hoffentlich keine Dummheiten gemacht und sein ganzes Geld wieder verloren, oder?»

«Nein, nein.»

«Das alles hier hat er seiner alten Mutter gekauft», fuhr sie mit schwärmerischer Begeisterung fort. «Er ist schon ein verrückter Junge. Es ging mir doch gut dort, wo ich war. Wir hatten drei Zimmer in Ménilmontant. Die konnte man in Ordnung halten, aber hier kriegt man ja nicht einmal eine Aushilfe. Es ist zuviel für eine alte Frau und ein Mädchen. Natürlich hat er uns auch Geld geschickt, aber er bedenkt nicht, daß es eine Menge Dinge gibt, die man heutzutage für Geld nicht kaufen kann.»

«Er ist hungrig», unterbrach das Mädchen.

«Also gut», sagte die alte Frau. «Dann gib ihm was zu essen. Er steht da, als wäre er ein Bettler. Wenn er etwas zu essen haben will, so kann er das doch sagen, nicht?» fuhr sie unbekümmert fort, als wäre er außer Hörweite.

«Ich werde dafür bezahlen», fuhr Charlot sie an.

«So so, Sie wollen also bezahlen? Sie haben es aber eilig, Ihr Geld loszuwerden. So werden Sie nicht weit kommen. Man bietet kein Geld an, wenn keines verlangt wird.» Sie glich einem jener uralten, verwitterten Weisheitssymbole, wie man sie in der Wüste stellenweise findet – einer Sphinx etwa –, und doch war dahinter die innere Leere totaler Unwissenheit zu spüren, was ihre ganze Weisheit in Zweifel stellte.

Man verließ die Halle auf der linken Seite, durch eine Tür mit beschädigter Klinke. Sie führte auf einen langen, mit Steinplatten ausgelegten Korridor, der um das halbe Haus herumlief. Im Winter, erinnerte er sich, kam das Essen nach dem langen Transportweg von der Küche nie richtig heiß auf den Tisch, und immer wieder hatte sein Vater Umbaupläne gemacht, aber zuletzt hatte doch das Haus gesiegt. Gedankenlos ging er nun auf diese Tür zu, als könnte er den Weg auch ohne fremde Hilfe finden, doch nach dem ersten Schritt hielt er inne und dachte: Ich muß mich in acht nehmen, sehr in acht nehmen. Wortlos folgte er Thérèse und überlegte dabei, wie seltsam es war, ein junges Wesen in diesem Haus zu sehen, in dem er nur verläßlichen, mürrischen alten Dienstboten zu begegnen gewohnt war. Junge Gesichter gab es nur auf Bildern: im schönsten Schlafzimmer das Foto seiner Mutter an ihrem Hochzeitstag und das seines Vaters am Tag seiner

Promotion zum Doktor der Rechte, seine Großmutter mit ihrem erstgeborenen Kind. Während er hinter dem Mädchen herging, dachte er voll Wehmut, daß es fast so war, als hätte er eine Braut in das alte Haus gebracht.

Sie gab ihm Brot und Käse und ein Glas Wein und setzte sich ihm gegenüber an den Küchentisch. Er schwieg, weil er hungrig war und seinen Gedanken nachhängen wollte. Er hatte die Küche seit seiner Kindheit kaum mehr betreten: Damals war er gegen elf aus dem Garten gelaufen gekommen, um nachzusehen, ob es etwas zu klauen gab: Die alte Köchin – wieder jemand alter – liebte ihn, fütterte ihn und schenkte ihm merkwürdige Dinge zum Spielen. Im Gedächtnis geblieben waren ihm nur eine verwachsene Kartoffel in Form eines Männchens, ein Hühnerbein, das kunstvoll als altes Weiblein mit Häubchen verkleidet war, und ein Lammknochen, der ihm damals wie ein Wurfspeer erschienen war.

Das Mädchen sagte: «Erzählen Sie mir von ihm.» Genau das hatte er befürchtet und sich daher rechtzeitig mit den passenden hohlen Phrasen gewappnet. Er sagte: «Er war der gute Geist, die Seele des Gefängnisses – selbst die Wärter liebten ihn.»

Sie unterbrach ihn: «Ich habe nicht Michel gemeint, sondern den anderen.»

«Den Mann, der...»

«Ich meine Chavel», sagte sie. «Sie werden doch nicht glauben, daß ich seinen Namen vergessen habe? Ich sehe den Namen vor mir, wie er unter den Dokumenten steht: Jean-Louis Chavel. Wissen Sie, was ich mir immer denke? Ich denke immer, daß er eines Tages zurückkommen wird, weil er sich nicht verkneifen kann nachzusehen, was aus seinem schönen Haus geworden ist. Bei uns hier kommen viele Fremde vorbei, so wie Sie, die alle hungrig sind, aber jedesmal, wenn die Glocke läutet, sage ich mir: ‹Vielleicht ist das er.›»

«Und was dann?» sagte Charlot.

«Dann spuck ich ihm ins Gesicht», sagte sie, und zum erstenmal nahm er die Form ihres Mundes wahr: ein schöner Mund, der ihn an den Janviers erinnerte. «Das würde ich machen, ja...»

Er behielt diesen Mund im Auge, als er sagte: «Trotzdem ist es ein wunderschönes Haus.»

«Wenn die alte Dame nicht wäre», sagte sie, «würde ich es anzünden. So ein Idiot», schrie sie Charlot ins Gesicht, als müßte sie endlich einmal ihrem Herzen Luft machen. «Wie konnte er nur glauben, daß ich lieber das hier habe als ihn?»

«Sie waren Zwillinge, nicht wahr?» sagte Charlot, der sie genau beobachtete.

«Erinnern Sie sich an die Nacht, in der er erschossen wurde? Ich habe den Schmerz gespürt. Ich bin weinend aus dem Bett hochgefahren...»

«Es geschah nicht in der Nacht», sagte Charlot, «sondern am Morgen.»

«Nicht in der Nacht?»

«Nein.»

«Was hatte es dann zu bedeuten?»

«Gar nichts», sagte Charlot. Er begann ein Stück

Käse in kleine Würfel zu schneiden. «Das kommt häufig vor. Wir glauben einen Sinn zu erkennen, aber dann stellen wir fest, daß wir von falschen Tatsachen ausgegangen sind – in Wirklichkeit ist nichts dahinter. Sie werden durch einen Schmerz geweckt und glauben, daß Liebe die Ursache war – doch die Fakten stimmen nicht.»

Sie sagte: «Wir haben einander so geliebt. Ich habe das Gefühl, als wäre ich auch tot.»

Er zerschnitt den Käse in immer kleinere Stücke. Sanft sagte er: «Die Fakten stimmen nicht. Sie werden sehen.» Er versuchte sich einzureden, daß er nicht am Tod zweier Menschen schuld war. Er war dankbar, daß sie in der Nacht aufgewacht war und nicht morgens um sieben Uhr.

«Sie haben mir noch immer nicht gesagt, wie *er* aussieht.»

Sehr bedachtsam wählte er seine Worte. «Er ist etwas größer als ich – um drei Zentimeter vielleicht, oder nicht einmal soviel. Er ist ein glattrasierter ...»

«Das heißt gar nichts», unterbrach sie. «Man kann sich innerhalb einer Woche einen Bart wachsen lassen. Welche Augenfarbe?»

«Blau. Je nach dem Licht manchmal auch grau.»

«Fällt Ihnen denn gar nichts ein, woran man ihn mit Sicherheit erkennen könnte?»

Er hätte gern gelogen, widerstand jedoch der Versuchung. «Nein», sagte er. «Ich kann mich an kein auffälliges Merkmal erinnern. Er sah nicht viel anders aus als wir alle.»

«Ich hatte zuerst gehofft», sagte das Mädchen, «daß ich im Dorf jemanden finden würde, der uns hilft, ihn ausfindig zu machen. Aber ich traue keinem über den Weg. Er war beliebt im Dorf. Wahrscheinlich, weil sie ihn von Kindheit auf kannten. Wen kümmert es schon, wenn ein Kind boshaft ist, und wenn es erst einmal erwachsen ist, hat man sich so daran gewöhnt, daß es einem gar nicht mehr auffällt.»

Sie gab, ebenso wie ihre Mutter, manchmal Weisheiten von sich, doch es waren keine ererbten Weisheiten: Gemeinsam mit ihrem Bruder hatte sie sie auf der Straße erlernt: Sie hatten einen seltsam maskulinen Anstrich.

«Wissen die Leute im Dorf unten, was er getan hat?» fragte er.

«Auch wenn sie's wüßten, würde das nichts ändern. Dann hätte er eben einen Pariser hereingelegt. Sie würden sich zurücklehnen und nur darauf warten, daß er's wieder tut. Ich warte übrigens auch nur darauf. Er war doch Anwalt, nicht? Mir kann niemand erzählen, daß er sich nicht irgendeinen Trick ausgedacht hat, um aus diesen Dokumenten ein paar wertlose Fetzen Papier zu machen.»

«Ich glaube», sagte Charlot, «er war viel zu verängstigt, um so klare Überlegungen anzustellen. Hätte er so klar überlegt, wäre er doch in den Tod gegangen, glauben Sie nicht?»

«Wenn der einmal stirbt», sagte das Mädchen, «dann garantiert im Stand der Gnade und mit einer Hostie auf der Zunge, nachdem er allen seinen Feinden vergeben hat, da können Sie Gift drauf nehmen. Der wird nicht sterben, bevor er nicht den Teufel persönlich hereingelegt hat.»

«Wie sehr Sie ihn hassen!»

«*Ich* werde diejenige sein, die in die Hölle kommt. Weil ich ihm nie vergeben werde. Ich werde nicht im Stand der Gnade sterben.» Sie sagte: «Ich dachte, Sie haben Hunger? Von dem Käse haben Sie aber nicht viel gegessen. Es ist ein guter Käse.»

«Es wird Zeit, daß ich mich verabschiede», sagte er.

«Sie brauchen sich nicht zu beeilen. Hat man einen Priester zu ihm kommen lassen?»

«Oh, doch, ich glaube schon. In einer der anderen Zellen gab es einen Priester, der diese Aufgaben besorgte.»

«Wohin werden Sie jetzt gehen?»

«Ich weiß es nicht.»

«Auf Arbeitssuche?»

«Das habe ich bereits aufgegeben.»

Sie sagte: «Wir könnten einen Mann hier ganz gut gebrauchen. Ein Haus wie dieses können zwei Frauen allein nicht in Ordnung halten. Und den Garten gibt es auch noch.»

«Das wird nicht gehen.»

«Machen Sie, was Sie wollen. Ihr Gehalt wäre jedenfalls kein Problem», sagte sie bitter. «Wir sind reich.»

Und wenn es nur für eine Woche wäre, dachte er, um zur Ruhe zu kommen … daheim.

Sie sagte: «Aber Ihre Hauptaufgabe – das, wofür ich Sie bezahle – besteht darin, daß Sie ständig Umschau halten – nach ihm.»

9

24 Stunden lang empfand er es als schmerzlich und demütigend, in seinem eigenen Haus als Lohndiener zu leben, doch nach zwei Tagen gewöhnte er sich daran und fand seinen inneren Frieden wieder. Ein Mensch, der ein Haus wirklich liebt, braucht es nicht zu besitzen: Es genügt ihm zu wissen, daß es so bleibt, wie es immer war – oder sich doch nicht mehr verändert, als Zeit und Umstände bedingen. Madame Mangeot und ihre Tochter lebten hier nur wie Untermieter: Wenn sie ein Bild von der Wand nahmen, so taten sie das aus irgendeinem praktischen Grund – um sich das Staubwischen zu ersparen etwa, nicht aber, um ein anderes an seine Stelle zu hängen. Sie würden auch niemals einen Baum fällen, um eine schönere Aussicht zu haben, oder aus einer momentanen Laune heraus ein Zimmer neu einrichten. Ja, es war eigentlich sogar eine Übertreibung, sie als rechtmäßige Mieter anzusehen: Viel eher glichen sie Zigeunern, die ein leerstehendes Haus entdeckt hatten und dort nun in ein paar Zimmern hausten, ein möglichst weit von der Straße entferntes Stückchen Garten bebauten und sorgfältig darauf achteten, daß kein Rauch aufstieg, der ihre Anwesenheit verraten könnte.

Das war kein reines Hirngespinst: Er bemerkte, daß sie das Dorf tatsächlich ängstlich mieden. Einmal in der Woche ging das Mädchen nach Brinac auf den Markt; sie legte den Hin- und den Rückweg zu Fuß zurück, obwohl Charlot wußte, daß es in St. Jean eine Fahrgelegenheit gegeben hätte, und einmal wöchentlich ging die alte Frau zur Messe; ihre Tochter begleitete sie bis zur Kirchentür und holte sie nach dem Gottesdienst dort wieder ab. Die alte Frau betrat die Kirche immer erst knapp, bevor das Evangelium verlesen wurde, und sobald der Priester das *Ite missa est* gesprochen hatte, erhob sie sich zum Gehen. Auf diese Weise vermied sie jeglichen Kontakt mit den Gemeindemitgliedern auf dem Kirchplatz. Charlot war das nur recht. Keine der beiden Frauen wunderte sich darüber, daß auch er das Dorf mied.

Nun war er es, der am Markttag nach Brinac ging. Beim erstenmal fühlte er sich auf Schritt und Tritt durch vertraute Dinge verraten: Wenn auch kein Mensch seinen Namen aussprach, hatte er dennoch den Eindruck, als könnte jeder Wegweiser zum Verräter werden: Die Sohlen seiner Schuhe stempelten seinen Namen in den Straßenstaub, und die Latten der Brücke, die über den Fluß führte, gaben unter seinen Tritten menschenähnliche Laute von sich, die ihm so unverkennbar vorkamen wie der Tonfall einer Stimme. Auf der Straße fuhr einmal ein Fuhrwerk aus St. Jean an ihm vorüber, und er erkannte den Kutscher, einen Bauern, der als Junge bei einem Traktorunfall den rechten Arm verloren hatte. Als Kinder hatten sie auf den Feldern um St. Jean miteinander gespielt, doch nach dem Unfall und dem darauffolgenden wochenlangen Krankenhausaufenthalt des Bauernjungen war ihre Freundschaft an unklaren Neid- und Eifersuchtsgefühlen zerbrochen, und schließlich standen sie einander als Feinde gegenüber. Sie konnten sich nicht wie Duellanten der gleichen Waffen bedienen: Seiner körperlichen Überlegenheit versuchte der verkrüppelte Junge verletzende Worte entgegenzusetzen, denen die Wundmale langer Krankheit anhafteten.

Charlot trat zurück in den Straßengraben und hob die Hand, um sein Gesicht zu verdecken, doch Roche beachtete ihn nicht. Seine dunklen, fanatischen Augen waren auf die Straße gerichtet, der schwere, verstümmelte Rumpf stand wie eine zerstörte Festung zwischen ihm und der Welt. Wie Charlot allerdings schon früher festgestellt hatte, waren überall so viele fremde Menschen unterwegs, daß ihnen keiner mehr Beachtung schenkte. Ganz Frankreich war überschwemmt von Menschen, die aus Gefangenenlagern, aus Verstecken oder aus der Fremde heimwärts strömten. Hätte man aus der Perspektive eines Gottes auf Frankreich geblickt, so hätte man ein ständiges Auf und Ab winziger Körnchen feststellen können, die sich wie Staubkörner über die Oberfläche eines Staubtuchs bewegten.

Er fühlte sich ungeheuer erleichtert, als er zum Haus zurückkehrte: Es kam ihm tatsächlich so vor, als sei er einer Wildnis voll unvorhersehbarer Gefahren entronnen. Er trat durch den Haupteingang und trottete durch den langen Küchenkorridor, als zöge er sich in das Innere einer Höhle zurück. Thérèse Mangeot sah von dem Kochtopf auf, in dem sie rührte, und sagte: «Es ist wirklich merkwürdig, daß Sie immer durch den Vordereingang hereinkommen. Warum benützen Sie nicht den Hintereingang so wie wir? Das würde mir beim Saubermachen viel Arbeit ersparen.»

«Das tut mir wirklich leid, Mademoiselle», sagte er. «Ich mache das wahrscheinlich nur, weil ich beim erstenmal dort hereinkam.»

Sie behandelte ihn nicht wie einen Bediensteten: Es war, als betrachtete sie auch ihn als einen Zigeuner, der so lange hier kampierte, bis das Haus von der Polizei geräumt wurde. Nur die alte Frau geriet hin und wieder aus gänzlich nichtigen Gründen in krankhaft heftigen Zorn und schwor, daß sie nach der Rückkehr ihres Sohnes ein ganz anderes Leben führen würden, das Leben, das reichen Leuten wie ihnen zustand, mit Bediensteten, die wirklich Bedienstete waren und nicht von der Straße aufgelesene Vagabunden... Bei solchen Gelegenheiten wendete Thérèse Mangeot sich immer ab, als hätte sie nichts gehört, doch nachher pflegte sie Charlot irgendeine rauhe, unangemessene Bemerkung an den Kopf zu werfen – eine Bemerkung von der Art, wie man sie nur Gleichgestellten gegenüber macht –, womit sie ein gewisses Gemeinschaftsgefühl, das Gemeinschaftsgefühl der Straßenkinder, dokumentierte.

Er sagte: «Auf dem Markt war heute nicht viel zu bekommen. Es kam mir unsinnig vor, so viel Gemüse zu kaufen, wo wir doch den großen Garten hier haben. Nächstes Jahr können Sie dann schon...» Er gab ihr das Retourgeld zurück. Er sagte: «Ich habe ein Stück Pferdefleisch gekauft. Nicht einmal Kaninchen waren zu bekommen. Ich glaube, die Summe stimmt. Zählen Sie aber vorsichtshalber noch einmal nach.»

«Ich vertraue Ihnen», sagte sie.

«Aber Ihre Mutter sicher nicht. Hier ist die Abrechnung.» Er reichte ihr die Liste seiner Einkäufe und sah ihr über die Schulter, während sie die Liste nachprüfte. «Jean-Louis Charlot...» Sie hörte zu lesen auf. «Wie merkwürdig», sagte sie, und über ihre Schulter blikkend erkannte er plötzlich, was er getan hatte – er hatte die Liste mit fast genau dem gleichen Schriftzug unterzeichnet wie die Schenkungsurkunde.

«Was ist merkwürdig?» fragte er.

«Ich könnte beinahe beschwören», sagte sie, «daß ich Ihre Schrift kenne, daß ich sie irgendwo schon einmal gesehen habe...»

«Wahrscheinlich auf einem Brief, den ich geschrieben habe.»

«Sie haben hier noch nie einen Brief geschrieben.»

«Ja, das stimmt.» Seine Lippen waren wie ausgetrocknet. Er sagte: «Wo, glauben Sie, könnten Sie sie denn gesehen haben...?» und wartete eine Ewigkeit auf ihre Antwort.

Wie gebannt starrte sie auf das Papier. «Ich weiß es nicht», sagte sie. «Das ist so wie mit einem Ort, von dem man sich einbildet, daß man schon einmal dort war. Wahrscheinlich hat es überhaupt nichts zu bedeuten.»

10

Fast täglich klopfte jemand an die Tür, der um Brot bettelte oder Arbeit suchte. Ziellos strömten die Heimatlosen westwärts und südwärts, dem Meer und der Sonne entgegen, als glaubten sie, daß an den warmen, feuchten Küsten Frankreichs jeder seinen Lebensunterhalt finden könne. Das Mädchen gab ihnen lieber Geld als Brot (daran herrschte kein solcher Mangel), und sie zogen auf dem unkrautüberwucherten Pfad flußwärts weiter. Beständigkeit gab es nirgendwo, und in dem großen Haus am allerwenigsten. Dennoch hatten die Mangeots ein ausgeprägtes Eigentumsbewußtsein. In Paris hatte Madame Mangeot einen Gemischtwarenladen besessen – oder, besser gesagt, die gemischte Ware, die sie darin verkaufte. Sie hatte nach dem Tod ihres Mannes viele Jahre lang sorgfältig die Geschäfte geführt, nie Kredit gewährt und nie einen Kredit aufgenommen und dabei nie mehr verdient, als sie zum Leben brauchten. Ihr Mann hatte mit den Kindern ehrgeizige Pläne gehabt: Er hatte seine Tochter in eine Sekretärinnenschule geschickt, wo sie Maschineschreiben lernen sollte, und seinen Sohn auf eine technische Schule. Doch Janvier war von dort weggelaufen, und Thérèse mußte kurz nach seinem Tod die Schule aufgeben. Nach Ansicht von Madame Mangeot war das alles nichts als Unsinn, und so blieb von der mehrmonatigen Ausbildung nur eine gebrauchte Schreibmaschine im Hinterraum des Ladens über, auf der sie – mit sehr vielen Fehlern – Briefe an Großhänd-

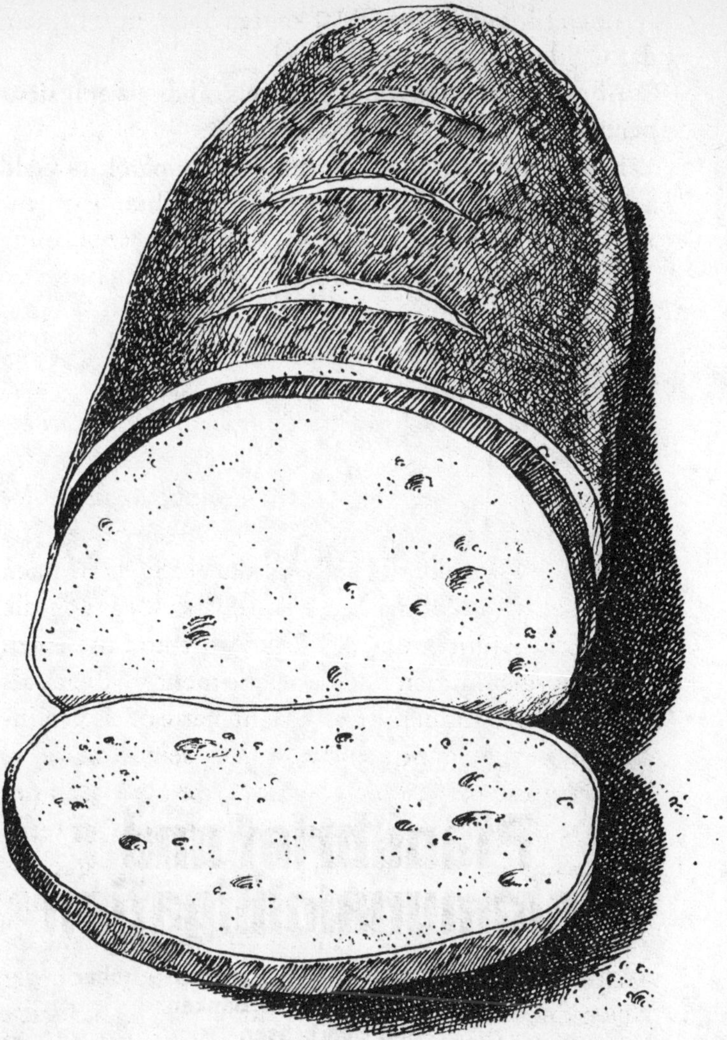

Wenn man weder für Geld …

… noch für gute Worte Brot kaufen kann, nützt einem das Geld nicht so furchtbar viel.

Aber solche Zeiten des Mangels sind – wenigstens bei uns – verhältnismäßig selten.

Es ist schon ein gutes Gefühl, wenn man fürs Geld all das kaufen kann, was man haben möchte.

ler tippte. Der Laden hatte keine Zukunft, aber darüber zerbrach Madame Mangeot sich nicht den Kopf: Wenn man einmal ein gewisses Alter erreicht hat, sorgt man sich nicht mehr um die Zukunft: Man begnügt sich damit, noch am Leben zu sein: Jeden Morgen erwacht man mit einem Gefühl des Triumphs. Außerdem gab es immer noch Michel. In ihn setzte Madame Mangeot uneingeschränkte Hoffnungen. Wer weiß, welche Märchenträume aus ihrer Kinderzeit sich um die rätselhafte Person des Abwesenden rankten? Er war der Prinz, der mit einem gläsernen Pantoffel in die Welt hinauszog; er war der Kuhhirt, der die Hand der Königstochter errang; er war der jüngste Sohn einer alten Frau, dem es gelang, den Riesen zu töten. Sie durfte niemals erfahren, daß er in Wirklichkeit schlicht und einfach tot war. Charlot setzte sich diese Geschichte nach und nach zusammen, aus nicht zu Ende gesprochenen Sätzen, aus Madame Mangeots zeitweiligen Temperamentsausbrüchen, ja sogar aus den Träumen, von denen die zwei Frauen beim Frühstück erzählten. Natürlich war es nicht die ganze Wahrheit – nichts ist jemals die ganze Wahrheit –, und ihre Nachbarn in Ménilmontant hätten Madame Mangeots banale Lebensgeschichte in dieser farbigen Version bestimmt nicht wiedererkannt. Nun war ihnen plötzlich ein Vermögen in den Schoß gefallen. Madame Mangeot fand darin eine vollkommene Bestätigung ihrer Tagträume, aber die Märchen aus ihrer Kindheit hatten sie gewarnt, daß es auch so etwas wie verhextes Gold gab. Ohne zu wissen warum, hielt sie nichts in dem Haus für gesichert, nicht einmal den Küchentisch oder den Stuhl, auf dem sie saß. In Ménilmontant war das anders gewesen; dort hatte sie niemals an etwas gezweifelt, sie hatte immer genau gewußt, was bezahlt war und was nicht. Hier dagegen war ihres Wissens nach alles unbezahlt: daß die Rechnung anderswo beglichen worden war, sollte sie niemals begreifen.

Charlot schlief in einem Zimmer unter dem Dach, in dem früher Dienstboten gewohnt hatten. Es war ein kleines Mansardenzimmer mit einem Eisenbett und einem zerbrechlichen Schubladenkasten aus Bambusrohr, dem zerbrechlichsten Gegenstand im ganzen Haus, in dem es sonst nur schwere dunkle Möbelstücke gab, die noch viele Generationen überdauern würden. Dies war der einzige Teil des Hauses, den er nicht gekannt hatte: Als Kind hatte er das oberste Stockwerk nicht betreten dürfen, ein Verbot, das mit einer ziemlich unklaren mütterlichen Besorgnis begründet wurde, die irgend etwas mit Moral und Hygiene zu tun zu haben schien. Dort oben, wo der Teppichläufer endete, jenseits des Sanitärbereichs von Bad und Toilette, drohten sich die Tatsachen des Lebens offenbar von einer besonders gefährlichen Seite zu zeigen. Nur ein einziges Mal war er in dieses verbotene Gebiet vorgedrungen: Unter der leichten Last seiner sechs Jahre hatte er sich auf Zehenspitzen an das Schlafzimmer herangeschlichen, das er jetzt bewohnte, und hatte durch den Türspalt gespäht. Das alte Dienstmädchen, das seine Eltern geerbt hatten und mit eher angstvollem Respekt Madame Warnier nannten, war gerade dabei, ihr Haar zu ordnen – oder vielmehr, es abzunehmen: Lange Haarsträhnen von mattbrauner, an trockenes Seegras erinnernder Farbe wurden eine nach der anderen abmontiert und auf den Frisiertisch gelegt. Ein säuerlicher Geruch lag in der Luft. Noch mehr als ein Jahr danach glaubte Charlot, daß langes Haar immer so sei – nämlich abnehmbar.

Eines Nachts konnte er nicht schlafen. In umgekehrter Richtung folgte er der heimlichen Spur aus Kindertagen, um sich ein Glas Wasser zu holen. Die Dienstbotentreppe knarrte unter seinem Tritt, doch im Gegensatz zu dem Geräusch seiner Schritte auf dem Weg nach Brinac hatten diese Laute keine Bedeutung: Es waren bloß irgendwelche unbekannten Zeichen, die noch niemand zu deuten verstand. Ein Stockwerk tiefer lag sein altes Zimmer: Es war jetzt unbewohnt, vielleicht weil es noch zu deutlich die Spuren seiner Anwesenheit trug. Er trat ein. Alles war noch genau so, wie er es vor vier Jahren verlassen hatte. Er zog eine Schublade auf und sah ein Dutzend steifer Hemdkragen darin liegen, die wie Papyrusrollen im Laufe der Zeit ein wenig vergilbt waren. Auf dem Kleiderschrank stand in einem Silberrahmen eine Fotografie seiner Mutter. Sie trug ein enges Fischbeinkorsett und blickte mit vollkommen ruhigem Gesichtsausdruck auf eine ewig unveränderte Szene: Leid, Tod und Verlust hinterließen keine Spuren auf dem kleinen Fleckchen Wand, auf das ihr Blick fiel – auf die alte Tapete mit dem Blütenzweigmuster, das *ihre* Schwiegermutter einst ausgesucht hatte. Über einem der Blütenzweige war mit Bleistift ein kleines Gesicht auf die Wand gekritzelt; als er vierzehn war, hatte es jemanden oder etwas dargestellt, das er inzwischen vergessen hatte: irgendeine verblaßte romantische Jugendliebe, möglicherweise eine Leidenschaft und einen Schmerz, von denen er damals geglaubt hatte, sie würden sein Leben lang nicht vergehen. Er drehte sich um und sah Thérèse Mangeot, die auf der Schwelle stand und ihn beobachtete. Ihr Anblick rief die verlorene Erinnerung in ihm wach. Als wäre ein gestörter elektrischer Kontakt wiederhergestellt worden, hörte er plötzlich die vergessene Stimme über eine Distanz von 30 Jahren zu ihm sprechen.

«Was tun Sie hier?» fragte sie barsch. Sie trug einen dicken, baumwollenen Herrenschlafrock.

«Ich konnte nicht schlafen und bin heruntergekommen, um mir ein Glas Wasser zu holen. Dann glaubte ich, hier eine Ratte zu hören.»

«Aber nein», sagte sie, «die Ratte, die zuletzt hier war, ist seit Jahren fort.»

«Warum haben Sie alle diese Sachen nicht fortgeräumt?»

Ihr Schlafrockgürtel schleifte über den Fußboden. «Es wird einem doch schon übel», sagte sie, «wenn man das Zeug nur anrührt, glauben Sie nicht? Trotzdem würde ich es anrühren. Sogar die Hemdkragen.» Sie setzte sich auf das Bett. Charlot erschien es unsäglich traurig, daß ein so junger Mensch so todmüde sein konnte – und so hellwach zugleich. «Die arme Frau», sagte sie.

«Wäre es nicht besser, ihr die Wahrheit zu sagen?»

«Ich habe nicht meine Mutter gemeint», sagte sie. «Ich meine sie – die Frau auf dem Foto. Sie hat wohl nie darauf stolz sein können, seine Mutter zu sein, glauben Sie nicht?»

Zum erstenmal seit seiner Ankunft fühlte er sich zum Widerspruch gereizt. Er sagte: «Ich glaube, Sie irren sich. Ich habe ihn schließlich gekannt, im Gegensatz zu Ihnen. Sie können mir glauben – ein so mieser Kerl war er gar nicht.»

«Du lieber Gott», sagte sie.

«Er hat sich wie ein Feigling benommen, ja, aber das kann schließlich jedem einmal passieren. Fast jeder benimmt sich einmal wie ein Feigling und vergißt das gleich wieder. Nur war dieses eine Mal in seinem Fall eben ganz besonders – wie soll ich sagen – spektakulär.»

Sie sagte: «Mir können Sie nicht einreden, daß er ein Pechvogel war. Aber Sie haben schon recht. So was kann jedem einmal passieren. Sein ganzes Leben lang muß man sich denken: ‹Heute könnte es mir passieren›.»

Offensichtlich hatte sie über dieser Frage schon lange gegrübelt, und nun brach es endlich laut aus ihr heraus: «Und wenn's dann passiert, weiß man, was für ein Mensch man sein Leben lang war.»

Er wußte darauf keine Antwort: Sie hatte wohl recht. Bitter sagte er: «Ist es Ihnen schon einmal passiert?»

«Noch nicht. Aber irgendwann passiert's mir sicher.»

«Dann wissen Sie also noch gar nicht, was für ein Mensch Sie sind. Vielleicht sind Sie auch nicht besser als er.» Er nahm einen vergilbten Hemdkragen aus der Schublade und drehte ihn voll Zorn achtlos um sein Handgelenk.

«Das entschuldigt ihn doch nicht», sagte sie, «oder? Wenn ich selbst gemordet hätte, müßte ich dann behaupten, daß alle anderen Mörder...?»

Er unterbrach sie. «Sie haben auf alles eine Antwort, nicht wahr? Wenn Sie ein Mann wären, könnte ein guter Anwalt aus Ihnen werden. Allerdings eignen Sie sich wohl besser zum Ankläger als zum Verteidiger.»

«Ich könnte niemals Anwalt werden», sagte sie ernsthaft, «weil er einer war.»

«Wie sehr Sie ihn hassen.»

«Mein Haß ist so groß», sagte sie, «daß er mich Tag und Nacht verfolgt. Es ist wie ein Gestank, den man nicht los wird, wie wenn unter dem Fußboden etwas verwest. Sie wissen ja, daß ich nicht mehr zur Kirche gehe. Ich bringe nur meine Mutter hin und hole sie dann wieder ab. Sie wollte wissen, warum, und ich hab ihr gesagt, daß ich meinen Glauben verloren habe. Das wäre ja nicht so schlimm, denn das kann schließlich jedem passieren, nicht wahr? Einen, der seinen Glauben verliert, würde Gott nicht so schwer büßen lassen. So was ist einfach eine Dummheit, und Dummheit ist ja nichts Böses.» Sie weinte nun, aber es weinten nur ihre Augen: Es schien, als seien ihre Tränendrüsen das einzige, was sie nicht unter Kontrolle hatte. «Das würde mir nichts ausmachen. In Wirklichkeit ist es der Haß, der mich davon abhält, hinzugehen. Es gibt Menschen, die können ihren Haß für eine Weile ablegen und ihn dann an der Kirchentür wieder aufnehmen. Ich kann das nicht. Wenn ich's nur könnte.» Sie schlug die Hände vor die Augen, als schämte sie sich, ihren Kummer so offen zur Schau zu stellen. An all dem bin ich schuld, dachte er.

«Sie zählen zu den Bedauernswerten, die noch einen Glauben haben», sagte er traurig.

Sie erhob sich vom Bett und sagte: «Was nützt es, darüber zu reden? Hier vor mir müßte er stehen, und ich, ich müßte den Revolver in der Hand haben.»

«Besitzen Sie denn einen Revolver?»

«Ja.»

«Und danach gehen Sie dann wohl zur Beichte und sind wieder ein glücklicher Mensch.»

«Vielleicht. Ich weiß es nicht. So weit kann ich gar nicht denken.»

Er sagte: «Ihr guten Menschen seid wirklich zum Fürchten. Ihr befriedigt euren Haß, wie ein Mann seine Lust befriedigt.»

«Schön wär's, wenn ich das könnte», sagte sie. «Dann könnte ich besser schlafen. Und wäre nicht so müde und so alt.»

In ernstem Ton setzte sie hinzu: «Die anderen Menschen würden mich mögen. Ich hätte keine solche Angst mehr vor ihnen.»

Er hatte das Gefühl, einer Ruine gegenüberzustehen: nicht einer alten Ruine, deren verfallene Mauern die Würde des Alters ausstrahlen, sondern einer neuen Ruine, von deren Wänden die Tapeten in Fetzen herabhängen, während die eingestürzte Decke den Blick auf einen Herd freigibt. Er dachte bei sich: Das ist unfair. Daran bin ich nicht schuld. Ich habe nicht zwei Leben auf dem Gewissen, sondern nur das von Janvier.

«Sie können diese Kragen behalten», sagte sie, «wenn Sie was damit anfangen können. Nur meine Mutter darf nichts davon erfahren. Passen sie Ihnen?»

Mit der gewohnten Vorsicht sagte er: «Sie könnten mir annähernd passen.»

«Ich hole Ihnen ein Glas Wasser.»

Er rief ihr nach: «Sie werden mir doch kein Wasser holen gehen! Der Dienstbote hier bin doch ich.»

«Die Mangeots», sagte sie, «halten sich keine Dienstboten. Ich möchte sowieso gern ein paar Schritte gehen. Ich kann nicht schlafen.»

Sie ging hinaus und kam mit dem Glas zurück. Als sie in ihrem grobgewebten Schlafrock vor ihm stand und ihm das Glas reichte, begriff er instinktiv, was diese Gebärde bedeutete. Sie hatte ihm das ganze Ausmaß ihres Hasses gestanden und wollte ihm nun durch diese kleine Demutsgeste beweisen, daß sie auch anderer Regungen fähig war. Sie konnte Freundschaft empfinden, schien sie andeuten zu wollen, und auch Zärtlichkeit. In dieser Nacht, als er wieder im Bett lag, fühlte er eine Verzweiflung anderer Art als bisher: Er verzweifelte nun nicht mehr an seinem Überleben, sondern er verzweifelte am Leben.

11

Als er morgens erwachte, konnte er sich nur noch sehr undeutlich an die Szene, ja, selbst an die Gefühle der vergangenen Nacht erinnern. Eine Weile wollte es fast so scheinen, als ob sich nichts verändert hätte, doch als er die Hand auf die Klinke der Küchentür legte und das Mädchen drinnen geschäftig hin und her gehen hörte, da begann sein verwirrtes Herz so heftig zu pochen, daß er sich über seinen Zustand nicht länger hinwegtäuschen konnte. Er machte auf dem Absatz kehrt und verließ das Haus, um Klarheit in seine Gedanken zu bringen. Vor dem kleinen bebauten Gartenbeet angelangt, machte er seinem Herzen Luft und sagte laut über die Kohlköpfe hinweg: «Ich liebe sie», als fällte er damit die erste Entscheidung in einem komplizierten Strafprozeß. Doch dies war ein Prozeß, dessen Ausgang er nicht abzusehen vermochte.

Er dachte: Was ist nun der nächste Schritt? Sein juristisch geschulter Verstand begann die Fäden des Falles zu entwirren, was ihm ein wenig Mut machte. Seine bisherige berufliche Erfahrung hatte ihn gelehrt, daß kein Fall ganz und gar hoffnungslos ist. Letzten Endes, argumentierte er, ist nur Janvier selbst für seinen Tod verantwortlich zu machen: Mich trifft keine Schuld, wie auch immer ich gefühlsmäßig dazu stehen mag – Gefühle zählen hier nicht, andernfalls müßte so mancher Unschuldige guillotiniert werden. Von Gesetzes wegen, sagte er sich, sprach auch nichts dagegen, daß er sie liebte: und nichts außer ihrem Haß dagegen, daß sie ihn liebte. Gelänge es ihm, ihren Haß in Liebe umzuwandeln, überlegte er mit ausgesuchter Spitzfindigkeit weiter, so erwiese er ihr damit einen Dienst, der sie für alles entschädigen würde. Gemäß ihrem naiven Kinderglauben würde er ihr damit die Möglichkeiten wiedergeben, ihr Seelenheil zu retten. Er hob einen Kieselstein auf und zielte auf einen weit entfernten Kohlkopf: Der Stein flog geradewegs auf das Ziel zu, und er seufzte erleichtert auf. Die Anklage gegen ihn war bereits auf ein Zivilgerichtsverfahren zusammengeschrumpft, bei dem es nur noch um Schadenersatzforderungen ging. Er wunderte sich über seine nächtliche Verzweiflung – es gab keinen Anlaß zur Verzweiflung, sagte er sich, sondern vielmehr allen Anlaß zur Hoffnung. Er hatte wieder ein Lebensziel, doch in einem versteckten Winkel seines Herzens blieb ein dunkler Schatten, gleich einem Beweisstück, das er dem Gericht vorsätzlich unterschlagen hatte.

Beim Frühstück, das sie des Marktes in Brinac wegen sehr zeitig einnahmen, war Madame Mangeot noch schwieriger als sonst: Zwar hatte sie sich mit seiner Anwesenheit im Haus inzwischen abgefunden, doch fing sie dafür nun an, ihn so zu behandeln, wie ihren Vorstellungen nach eine große Dame Dienstpersonal zu behandeln hatte, und es war ihr gar nicht recht, daß er bei den Mahlzeiten mit ihnen am Tisch saß. Sie bildete sich steif und fest ein, er sei Michels Diener gewesen, und fürchtete, ihr Sohn würde eines Tages zurückkehren und sich ihrer schämen, weil sie sich unfähig gezeigt hatte, die Lebensgewohnheiten reicher Leute anzunehmen. Charlot machte sich nichts daraus: Er teilte mit Thérèse Mangeot ein Geheimnis. Sooft er ihrem Blick begegnete, vermeinte er Anzeichen einer geheimen Vertraulichkeit darin zu lesen.

Als sie jedoch allein waren, sagte er nur: «Kann ich Ihnen vom Markt irgend etwas mitbringen? Etwas für Sie persönlich, meine ich?»

«Nein», sagte sie. «Ich brauche nichts. Und außerdem, was findet man schon in Brinac?»

«Wollen Sie nicht mitkommen?» sagte er. «Ein Spaziergang würde Ihnen sicher guttun. Sie kommen ja nie an die frische Luft.»

«Während ich fort bin, könnte jemand kommen.»

«Dann sagen Sie Ihrer Mutter, sie soll nicht aufmachen. Es wird schon keiner hier einbrechen.»

«*Er* könnte kommen.»

«Hören Sie», beschwor Charlot sie ernstlich besorgt, «Sie machen sich ja ganz verrückt. Sie phantasieren. Warum, um Himmels willen, sollte er denn hierher kommen, um sich mit dem Anblick von alldem zu quälen, was er überschrieben hat? Sie werden sich noch krank machen mit Ihrem Wahn.»

Widerstrebend deckte sie einen Zipfel ihrer Angst auf, wie ein Kind, das vorsichtig ein Eckchen eines Abziehbildes ablöst. «Sie mögen mich nicht im Dorf», sagte sie, «ihn mögen sie.»

«Wir werden nicht ins Dorf gehen.»

Sie überrumpelte ihn mit ihrer ebenso plötzlichen

wie vollständigen Kapitulation: «Ach was», sagte sie, «Sie sollen Ihren Willen haben. Ich komme mit.»

Herbstnebel stiegen langsam über dem Fluß auf: Die Brückenlatten unter ihren Füßen waren feucht, und der Wind trieb braunes Laub über die Straße. In einigen Metern Entfernung verschwammen die Umrisse der Dinge. Obwohl beide wußten, daß sie Teil einer langen, weit auseinandergezogenen Prozession zum Markt von Brinac sein mußten, waren sie auf dem zwischen zwei Nebelwänden noch erkennbaren Straßenstück so allein wie in einem Zimmer. Lange Zeit sprachen sie kein Wort: Nur ihre manchmal im Gleichschritt gehenden, dann wieder aus dem Takt geratenden Füße führten gleichsam ein abgerissenes Zwiegespräch miteinander. Seine Füße schritten so zielstrebig voran wie die Beweisführung eines Anwalts, ihre Schritte waren so unregelmäßig wie eine Folge von Ausrufungszeichen. Unwillkürlich kam ihm der Gedanke, daß das Leben ihm etwas vorgaukelte, das ganz nahe an jene Zukunft herankam, die ihm vorgezeichnet schien, und doch so weit davon entfernt war. Wenn er geheiratet und seine Frau nach Brinac gebracht hätte, dann ginge er jetzt vielleicht mit ihr, ebenso schweigsam den Herbsttag genießend, zum Markt. Die Straße vor ihnen stieg nun ein wenig an und hob sie einige Augenblicke lang über die Nebelzone hinaus. Zu beiden Seiten erstreckte sich ein weites graues Feld, aus dem Kieselsteine wie Eisstückchen hervorblitzten, ein Vogel flog auf und entfernte sich mit schwerem Flügelschlag. Dann gingen sie hügelabwärts, die feuchten, ungreifbaren Nebelwände schlossen sich wieder um sie, und seine Schritte setzten ihre regelmäßig skandierte, unbeantwortbare Ansprache fort.

«Müde?» fragte er.

«Nein.»

«Ich habe mich immer noch nicht ganz daran gewöhnt, unbehindert geradeaus, statt immerzu nur auf und ab zu gehen.»

Sie gab keine Antwort, und ihr Schweigen freute ihn: Nichts schuf eine engere Vertrautheit als Schweigen, und er hatte das Gefühl, daß sich alles zwischen ihnen aufklären würde, wenn sie nur lange genug in diesem Schweigen verharrten.

Erst kurz vor Brinac begannen sie wieder zu sprechen: «Lassen Sie uns noch ein wenig rasten», sagte er, «bevor wir das Dorf erreichen.» An einen Gartenzaun gelehnt entlasteten sie ihre müden Beine und hörten bald darauf das klappernde, holpernde Geräusch eines Fuhrwerks, das aus der Richtung von St. Jean kam.

Es war Roche. Er zügelte sein Pferd und brachte das Fuhrwerk neben ihnen langsam zum Stehen.

«Wollen Sie mitfahren?» fragte er. Er hatte die Gewohnheit angenommen, sich nur im Profil zu zeigen, um seine rechte Körperhälfte zu verbergen, was ihm ein arrogantes Aussehen, den Anschein von Überheblichkeit verlieh. Thérèse Mangeot schüttelte den Kopf.

«Sie sind Mademoiselle Mangeot, nicht wahr?» fragte er. «Sie haben's doch nicht nötig, zu Fuß nach Brinac zu gehen.»

«Ich will aber zu Fuß gehen.»

«Und wer ist der Mann da?» sagte Roche. «Ihr Mädchen für alles? Bis nach St. Jean hat sich das schon herumgesprochen.»

«Das ist ein Freund von mir», sagte Thérèse Mangeot.

«Ihr Pariser solltet da ein bißchen vorsichtiger sein», sagte Roche. «Ihr wißt nicht, wie es zugeht bei uns auf dem Land. Hier treiben sich heutzutage viele Bettler herum, von denen man besser die Finger läßt.»

«Wieviel auf dem Land doch geklatscht wird», sagte Thérèse Mangeot ärgerlich.

«Und Sie», sagte Roche zu Charlot, «sind Sie stumm? Können Sie nicht selber sagen, wer Sie sind? Kommen Sie vielleicht auch aus Paris?»

«Man könnte fast glauben», sagte Thérèse, «daß Sie von der Polizei sind.»

«Ich bin bei der Résistance», sagte Roche. «Es ist meine Pflicht, die Augen offenzuhalten.»

«Der Krieg ist doch vorbei, nicht? Also haben Sie eigentlich nichts mehr zu tun.»

«Glauben Sie bloß das nicht», sagte Roche. «Bei uns hier geht's jetzt erst richtig los. Zeigen Sie mir doch lieber einmal Ihre Papiere.»

«Und wenn ich das nicht tue?»

«Dann werden ein paar von unseren Leuten Sie zu Hause besuchen kommen.»

«Zeigen Sie sie ihm», sagte Thérèse Mangeot.

Um sie entgegennehmen zu können, mußte Roche

die Zügel fallen lassen, und sogleich setzte das Pferdchen sich wieder in Bewegung: Plötzlich wirkte Roche seltsam hilflos und verloren, wie ein kleiner Junge, dem man ein Pferd anvertraut hat, mit dem er nicht fertig wird.

«Da, nehmen Sie sie wieder zurück», sagte er und griff nach den Zügeln.

«Ich kann Ihnen das Pferd halten, wenn Sie wollen», sagte Charlot mit bewußt beleidigender Verbindlichkeit.

«Sie sollten sich lieber gültige Papiere beschaffen. Diese da entsprechen nicht dem Gesetz.»

Er wendete sein Gesicht Thérèse Mangeot zu: «Sie sollten sich in acht nehmen. Zur Zeit treiben sich ziemlich viele seltsame Vögel in der Gegend herum, die meisten, weil sie sich verstecken müssen. Diesen Kerl da habe ich irgendwo schon mal gesehen, das könnte ich beschwören.»

«Er geht jede Woche zum Markt. Wahrscheinlich haben Sie ihn dort gesehen.»

«Weiß ich nicht.»

Thérèse Mangeot sagte: «Sie werden mir doch keine Scherereien machen wollen. Der Mann ist in Ordnung. Er war in einem deutschen Gefängnis, das weiß ich. Er hat Michel gekannt.»

Roche sagte: «Dann muß er doch auch Chavel gekannt haben?»

«Ja.»

Wieder sah Roche ihn prüfend an. «Komisch», sagte er. «Deshalb ist er mir so bekannt vorgekommen.

Er erinnert mich ein bißchen an Chavel. Seine Stimme jedenfalls, aussehen tut er allerdings ziemlich anders.»

Langsam sagte Charlot – und überlegte dabei, welche Silbe ihn verraten könnte: «Wenn Sie ihn jetzt reden hören könnten, würden Sie nicht mehr finden, daß er eine ähnliche Stimme hat wie ich. Er ist sehr alt geworden. Die Gefangenschaft hat ihm hart zugesetzt.»

«Kein Wunder. Er war ein bequemeres Leben gewöhnt.»

«Sie waren wahrscheinlich befreundet mit ihm», sagte Thérèse Mangeot. «So wie alle Leute in St. Jean.»

«Da irren Sie sich aber gewaltig. Wer ihn näher gekannt hat, konnte gar nicht mit ihm befreundet sein. Sogar als Junge war er schon ein mieser kleiner Knilch. Keinen Mumm in den Knochen. Hat vor den Mädchen Angst gehabt.» Er lachte. «Mir hat er sich immer anvertraut. Er hat mich für seinen Freund gehalten, bis ich dann diesen Unfall hatte. Danach hat er mich nicht mehr ausstehen können, weil ich dadurch so klug geworden bin, wie er selbst immer geglaubt hat zu sein. Wenn man monatelang im Bett liegen muß, wird man entweder klüger davon, oder man stirbt daran. Aber was er mir alles erzählt hat! An manches kann ich mich noch erinnern. Da gab es in der Mühle von Brinac ein Mädchen, auf die war er besonders scharf...»

Unglaublich, was man alles vergessen konnte. War es *ihr* Gesicht, fragte er sich, das er so ungeschickt auf die Tapete gekritzelt hatte? Er konnte sich an nichts mehr erinnern, und doch, vor langer Zeit einmal...

«Sie war sein ein und alles», sagte Roche, «aber er hat sich nie getraut, sie anzusprechen. Er war damals vierzehn oder fünfzehn. Ein Feigling, wie man sich keinen größeren vorstellen kann.»

«Warum ist er dann so beliebt im Dorf?»

«Oh, der ist dort gar nicht beliebt», sagte Roche. «Man hat Ihnen bloß Ihre Geschichte nicht geglaubt. Es hat keiner glauben wollen, daß jemand imstande ist, für Geld sein Leben herzugeben, wie das Ihr Bruder getan hat. Deshalb hieß es, daß die Deutschen da irgendwo ihre Hände im Spiel gehabt haben müssen.» Schwer ruhte der Blick seiner dunklen, fanatischen Augen auf ihr. «Ich glaube es gern. Sie sind diejenige, an die er dabei gedacht hat.»

«Wenn Sie die anderen doch auch davon überzeugen könnten.»

«Hat man Sie belästigt?»

«Belästigen kann man das wahrscheinlich nicht nennen. Ich habe mich bemüht, freundlich zu sein, aber ich mag es nicht, daß man hinter mir her schreit. Selber haben sie sich das ja nicht getraut, aber ihre Kinder haben sie dazu angehalten...»

«Die Leute hier sind mißtrauisch.»

«Nur weil einer aus Paris kommt, ist er noch lange kein Kollaborateur.»

«Sie hätten zu mir kommen sollen», sagte Roche.

Sie wandte sich zu Charlot um und sagte: «Daß es diesen hohen Herrn gibt, haben wir gar nicht gewußt, nicht wahr?»

Roche versetzte dem Pferd einen Peitschenhieb auf

die Flanke, und das Fuhrwerk rollte davon. Aus der Entfernung sah man nun deutlich den amputierten Arm – den in Ellbogenhöhe abgenähten Ärmel, den Armstumpf, der aussah wie ein Holzknüppel.

Charlot wies sie sanft zurecht: «Jetzt haben Sie sich noch jemanden zum Feind gemacht.»

«Er ist gar nicht so übel», sagte sie und sah dem Fuhrwerk so lange nach, daß Charlot erstmals einen schmerzhaften Stich von Eifersucht verspürte.

«Sie sollten sich lieber in acht nehmen vor ihm.»

«Sie sagen das ganz so, als ob Sie ihn kennen würden. Sie kennen ihn doch nicht etwa, oder? Er hat sich allerdings eingebildet, daß er Sie schon mal gesehen hat...»

Er unterbrach sie: «Ich kenne einfach diese Art Leute, das ist alles.»

12

An diesem Abend, nach ihrer Rückkehr aus Brinac, benahm Thérèse Mangeot sich anders als sonst. Sie bestand darauf, daß künftig im Eßzimmer gegessen werden sollte, statt wie bisher in der Küche, wo sie alle Mahlzeiten so hastig eingenommen hatten, als rechneten sie jeden Augenblick damit, daß der eigentliche Besitzer des Hauses eintreffen könnte, um seine Rechte wieder in Anspruch zu nehmen. Was diese Veränderung hervorgerufen hatte, konnte Charlot sich nicht erklären, aber in seinen Gedanken verband sie sich mit der Begegnung auf der Straße nach Brinac. Vielleicht hatte der Angriff des Bauern auf Chavel ihr Selbstvertrauen gestärkt, indem er ihr die Gewißheit gegeben hatte, daß wenigstens ein Mensch in St. Jean bereit war, sich gegen ihn mit ihr zu verbünden.

Charlot sagte: «Da muß erst einmal saubergemacht werden», und griff nach einem Besen. Er wollte gerade die Treppe hochsteigen, als das Mädchen ihn aufhielt.

Sie sagte: «Wir haben den Raum noch nie benutzt.»

«Noch nie?»

«Ich hab ihn gar nicht aufgesperrt. Das ist so ein Raum, wo er sich bestimmt fürchterlich aufgespielt hat. Macht sich immer gut. Sehen Sie ihn nicht vor sich, wie er seinen Wein trinkt und nach den Dienstboten klingelt...»

«Das klingt ja wie aus einem Kitschroman», sagte er und setzte den Fuß auf den Treppenabsatz.

«Wohin gehen Sie?»

«Das Eßzimmer putzen, natürlich.»

«Woher wissen Sie überhaupt, wo es ist?» Ihm war, als träte er plötzlich ins Leere; er fühlte, wie ihm vor Schreck das Herz stehenblieb: Die ganze Woche über war er so vorsichtig gewesen, hatte vorgegeben, sich nirgendwo zurechtzufinden, in keinem Raum und keinem Schrank.

«Wo habe ich bloß meinen Kopf?» sagte er. «Ach ja, natürlich. Ich hatte Ihnen zugehört.»

Sie gab sich damit jedoch nicht zufrieden: Sie beobachtete ihn sehr genau. Sie sagte: «Manchmal habe ich das Gefühl, daß Sie dieses Haus viel besser kennen als ich.»

«Ich war schon öfter in solchen Häusern. Sie sind alle nach dem gleichen Schema angelegt.»

«Wissen Sie, was ich glaube? Daß Chavel im Gefängnis mit seinem Haus geprahlt hat, so daß Sie wissen...»

«Er hat viel davon erzählt», sagte er.

Sie schloß die Tür zum Eßzimmer auf und ging mit ihm hinein. Die Fensterladen waren geschlossen, der Raum lag im Dunkeln: Er wußte allerdings, wo sich die Lichtschalter befanden. Doch nun nahm er sich in acht und tappte längere Zeit im Dunkeln umher, bevor er den Schalter fand. Es war der größte Raum des Hauses. In der Mitte stand wie ein Katafalk ein langer, von einer dicken Staubschicht bedeckter Tisch, und über die Wände verstreut hingen Ahnenporträts der Familie Chavel. Seit dem 17. Jahrhundert waren die Chavels Anwälte gewesen, nur einige jüngere Söhne waren in kirchliche Dienste getreten: Zwischen zwei Fenstern hing ein Bischof mit langer, krummer Nase, und diese lange Nase fand sich an allen Wänden, auf jedem Bild, wohin sie auch schauten.

«Was für eine Versammlung», bemerkte sie. «Kann schon sein, daß er gar keine Chance hatte, anders zu werden.»

Er wandte seine eigene lange Nase dem Bildnis seines Großvaters zu, und der Mann im Talar blickte stumm auf den Mann in der grünen Arbeitsschürze herab. Er wich dem hochmütigen, anklagenden Blick dieser Augen aus.

«Was für eine Versammlung», sagte das Mädchen noch einmal. «Und trotzdem haben sie geheiratet und Kinder gehabt. Können Sie sich vorstellen, daß die je verliebt waren?»

«Das passiert jedem einmal.»

Sie lachte. Es war das erste Mal, daß er sie lachen hörte. Mit begieriger Erwartung sah er sie an, wie ein Mörder, der verzweifelt hofft, an seinem Opfer ein Zeichen wiederkehrenden Lebens zu entdecken, das zuletzt vielleicht doch noch seine Unschuld beweisen würde.

Sie sagte: «Und wie, glauben Sie, würde sich das bei denen zeigen? Glauben Sie, daß solche Anwaltsaugen überhaupt Tränen vergießen können?»

Er streckte die Hand aus und berührte ihren Arm. Er sagte: «Ich nehme an, sie würden es so zeigen...» Genau in diesem Augenblick begann die Türglocke an ihrem langen Metallzug durchdringend zu quietschen und zu bimmeln.

«Roche?» sagte er fragend.

«Was könnte er wollen?»

«Ein Bettler kann es so spät doch nicht sein?»

«Vielleicht», sagte sie atemlos, «ist *er* es endlich.»

Wieder hörte man das Rasseln des langen, eisernen Glockenzugs, ehe die Glocke erklang.

«Machen Sie auf», sagte sie, «sonst geht womöglich meine Mutter hin.»

Ihn packte die Angst, wie jeden, der nachts plötzlich eine Türglocke klingeln hört. Mit einem unbehaglichen Gefühl stieg er die Treppe hinab, den Blick auf die Tür geheftet. Hinter dieser Urangst steckten so viele persönliche Erfahrungen und so viele historische Überlieferungen: Jahrhunderte zurückliegende Bluttaten, Berichte von Kriegen und Revolutionen... Wieder schellte die Glocke, als versuchte der Mensch draußen vor der Tür verzweifelt Einlaß zu finden, oder aber, als hätte er ein Recht, Einlaß zu fordern. Der Flüchtling und der Verfolger, sie läuten beide auf die gleiche Weise.

Charlot hängte die Kette vor und öffnete die Tür nur einen Spalt breit. Er konnte in der Dunkelheit draußen nicht mehr erkennen als den schwachen Schimmer einer Kragenbinde. Ein Fuß scharrte im Kies, und er hörte die Tür unter dem steten Druck gegen die Kette leise ächzen. Er fragte: «Wer ist da?» und der Fremde antwortete in einem Tonfall, der ihm unerklärlich vertraut vorkam: «Jean-Louis Chavel.»

Dritter Teil

13

«Wer ist da?»

«Chavel.» Die Stimme gewann an Festigkeit und Selbstvertrauen. «Hätten Sie vielleicht die Freundlichkeit, guter Mann, die Tür zu öffnen und mich hineinzulassen?»

«Wer ist es denn?» fragte das Mädchen. Sie war mitten auf der Treppe stehengeblieben. Eine wilde Hoffnung hämmerte in Charlots Brust, und voll banger Freude und Erleichterung rief er ihr zu: «Chavel. Er sagt, er ist Chavel!» Jetzt, dachte er, bin ich endlich wirklich Charlot. All der Haß soll sich über jemand anderen ergießen...

«Lassen Sie ihn herein», sagte sie, und er entriegelte die Tür.

Der Mann, der eintrat, war ihm ebenso vertraut wie dessen Stimme, doch wußte Charlot nicht, wo er ihn hintun sollte. Er war hochgewachsen und gut gebaut, aber es haftete ihm etwas Vulgäres an, das von einer gewissen Großspurigkeit herrührte, der fast dandyhaften Leichtigkeit seines Schritts... Seine Haut war sehr weiß und sah gepudert aus, und als er wieder zu sprechen begann, erinnerte seine Stimme an die eines Sängers: Er schien sich ihrer Modulationen allzu bewußt zu sein. Man hatte das Gefühl, daß er mit dieser Stimme ausdrücken konnte, was immer er wollte.

«Meine liebe gnädige Frau», sagte er, «Sie müssen entschuldigen, daß ich einfach so hereingeplatzt bin.» Sein Blick wanderte zu Charlot, und er hielt plötzlich inne: so als ob auch er ihn wiedererkannte... oder wiederzuerkennen glaubte...

«Was wollen Sie?» sagte Thérèse.

Widerstrebend wandte er die Augen von Charlot ab und sagte: «Unterkunft – und ein bißchen etwas zu essen.»

Thérèse sagte: «Und Sie sind wirklich Chavel?»

Unbestimmt sagte er: «Ja, ja, ich bin Chavel.» Sie stieg die Treppe herab und kam quer durch die Vorhalle auf ihn zu. Sie sagte: «Ich dachte mir, Sie würden kommen... eines Tages.» Er streckte die Hand aus, als sei er außerstande, sich irgendeine die Konventionen überschreitende Geste auch nur vorzustellen.

«Liebe gnädige Frau», sagte er, und sie spuckte ihm mitten ins Gesicht. Das war es, worauf sie so viele Monate gewartet hatte, und nun, da es geschehen war, begann sie zu weinen wie ein Kind am Ende eines Kinderfestes.

«Warum verschwinden Sie nicht?» sagte Charlot.

Der Mann, der sich als Chavel ausgab, wischte sich

mit dem Ärmel das Gesicht ab. Er sagte: «Ich kann nicht. Man sucht nach mir.»

«Weshalb?»

«Jeder, der irgendwo einen Feind hat, ist ein Kollaborateur.»

«Aber Sie waren doch in einem deutschen Gefängnis.»

«Man behauptet, daß ich als Spitzel dort eingeschleust wurde», sagte der Mann ruhig. Die Schlagfertigkeit dieser Antwort schien ihm Selbstachtung und Selbstvertrauen wiederzugeben. Bedächtig sagte er zu dem Mädchen:

«Selbstverständlich. Sie sind Mademoiselle Mangeot. Es war nicht recht von mir, hierherzukommen, das weiß ich, aber jedes gehetzte Tier flüchtet sich in seinen Bau. Sie müssen meinen Mangel an Taktgefühl entschuldigen, Mademoiselle. Ich bin schon wieder fort.»

Sie saß auf dem untersten Treppenabsatz, die Hände vors Gesicht geschlagen.

«Ja, Sie sollten lieber rasch verschwinden», sagte Charlot. Der Mann wandte sein weißes, gepudertes Gesicht nun Charlot zu. Seine Lippen waren ausgetrocknet, und er befeuchtete sie mit der Zungenspitze: Das einzig Echte an ihm war seine Angst. Doch diese Angst befand sich unter Kontrolle: Wie bei einem widerspenstigen Pferd unter einem guten Reiter zeigte sie sich nur um die Mundwinkel und im Augapfel. Er sagte: «Meine einzige Entschuldigung ist, daß ich dem Fräulein eine Botschaft von ihrem Bruder zu überbringen hatte.» Charlots unverwandter, neugieriger Blick schien ihn aus der Fassung zu bringen. «Sie kommen mir irgendwie bekannt vor», sagte er.

Das Mädchen hob rasch den Kopf: «Sie müßten ihn kennen, er war im selben Gefängnis.»

Wieder mußte Charlot die Selbstbeherrschung des Mannes bewundern.

«Ach ja, jetzt beginnt es mir langsam zu dämmern», sagte er. «Es waren so viele Leute dort.»

«Ist er wirklich Chavel?» fragte das Mädchen.

Die Angst war ihm noch nicht vergangen, doch er verbarg sie meisterhaft, und Charlot konnte über die Unverschämtheit dieses Menschen nur staunen. Wie ein nackter Globus drehte sich das weiße Gesicht in seine Richtung, entschlossen, seinem Blick standzuhalten, und tatsächlich war es Charlot, der die Augen abwandte. «Ja», sagte er, «es ist Chavel. Aber er hat sich verändert.» Ein Anflug von Heiterkeit verzerrte die Gesichtszüge des Mannes, doch schon hatten sie sich wieder geglättet.

«Also gut», sagte das Mädchen, «und wie lautet die Botschaft?»

«Sie lautet, daß er Sie liebt und daß er nichts Besseres für Sie hätte tun können.»

In der großen Vorhalle war es eisig kalt, und den Mann fröstelte mit einemmal. Er sagte: «Gute Nacht, Mademoiselle. Verzeihen Sie mir diesen Überfall. Ich hätte wissen sollen, daß mein Bau mir verschlossen ist.» Er verneigte sich mit einer bühnenreifen Verbeugung, die an sie jedoch verschwendet war. Sie hatte ihm den Rücken zugekehrt und verschwand um eine Treppenbiegung bereits aus seinem Gesichtsfeld.

«Dort ist die Tür, Monsieur Chavel», höhnte Charlot.

Aber der Mann hatte noch einen Pfeil im Köcher. «Sie sind ein Betrüger», sagte er. «Sie waren gar nicht in dem Gefängnis und haben mich auch nicht erkannt. Glauben Sie denn, ich hätte auch nur ein einziges der Gesichter dort vergessen können? Mir scheint, ich sollte Sie vor Ihrer Freundin entlarven. Sie mißbrauchen ganz offensichtlich ihre Gutmütigkeit.»

Charlot ließ ihn drauflosreden, in tiefes Grübeln versunken. Dann sagte er: «Ich bin in dem Gefängnis gewesen und habe Sie wiedererkannt, Monsieur Carosse.»

«Großer Gott», sagte der Mann und musterte ihn genauer, als er das bisher getan hatte. «Nicht vielleicht Pidot? Doch nein, Pidot können Sie nicht sein, mit dieser Stimme.»

«Nein. Sie haben mich schon einmal mit Pidot verwechselt. Mein Name ist Charlot. Nun haben Sie mir ein zweites Mal einen Dienst erwiesen, Monsieur Carosse.»

«Und der Dank dafür ist, daß Sie mich einfach so in die Nacht hinausjagen? Wir haben Ostwind, zu regnen hat es auch schon begonnen.»

Je größer seine Angst war, desto munterer wurde er: Dieser Munterkeit bediente er sich wie einer Medizin gegen seine Nervosität. Er schlug den Mantelkragen hoch.

«In der Provinz ausgepfiffen zu werden», sagte er, «welch trauriges Ende einer großen Karriere! Gute Nacht, mein undankbarer Charlot. Wie konnte ich Sie bloß mit dem armen Pidot verwechseln?»

«Sie werden erfrieren.»

«Das ist nur allzu wahrscheinlich. So erging es auch Edgar Allan Poe.»

«Hören Sie», sagte Charlot, «so undankbar bin ich denn doch nicht. Eine Nacht können Sie bleiben. Ziehen Sie sich die Schuhe aus, während ich die Tür zuschlage.» Er schloß laut die Tür. «Folgen Sie mir.» Doch kaum hatte er zwei Schritte gemacht, rief von oben das Mädchen: «Charlot, ist er fort?»

«Ja, er ist schon fort.» Er wartete einen Augenblick und rief dann hinauf: «Ich gehe nur noch nachsehen, ob die Hintertür abgeschlossen ist.» Danach geleitete er den auf Strümpfen gehenden Mann durch den Küchenkorridor und über die Hintertreppe zu seinem eigenen Zimmer hinauf.

«Hier können Sie übernachten», sagte er, «und morgen lasse ich Sie in aller Frühe hinaus. Es darf Sie niemand das Haus verlassen sehen, sonst muß auch ich dieses Haus verlassen.»

Der Mann machte es sich auf dem Bett bequem und streckte die Beine von sich. «Sind Sie *der* Carosse?» fragte Charlot neugierig.

«Ich kenne keinen Carosse außer mir selbst», sagte der Mann. «Ich habe weder Brüder noch Schwestern, noch Eltern. Ob irgendwo in der tiefsten Provinz noch andere Carosses leben, möchte ich nicht einmal wissen; möglicherweise lebt in Limoges noch ein Vetter zweiten Grades. Und natürlich», setzte er augenzwinkernd hinzu, «gibt es noch meine erste Frau, diese alte Schlampe.»

«Und jetzt ist man hinter Ihnen her?»

«In diesem Land herrscht die absurde puritanische Vorstellung», sagte Monsieur Carosse, «daß der Mensch vom Brot allein leben kann. Eine durch und durch unchristliche Vorstellung. Wahrscheinlich hätte ich während der Besatzungszeit tatsächlich von Brot – Schwarzbrot, wohlgemerkt – leben können, doch den Geist verlangt es nach höheren Genüssen.» Er lächelte komplicenhaft. «Wollte man zu diesen Genüssen gelangen, kam freilich nur eine einzige Quelle in Frage.»

«Aber was hat Sie dazu veranlaßt, hierherzukommen?»

«Die Polizei, mein Lieber, und diese übereifrigen jungen Leute mit ihren Gewehren, die sich die Résistance nennen. Eigentlich war ich auf dem Weg in den Süden, doch bedauerlicherweise kennt man mein Gesicht überall so gut außer», sagte er mit einem Anflug von Bitterkeit, «in diesem Haus.»

«Aber woher wußten Sie... was brachte Sie auf den Gedanken...?»

«Ach, mein Freund, sogar in der klassischen Komödie lernt man zu extemporieren.» Er strich seine Hose glatt. «Das war ein Extempore, wenn auch, wie Sie mir bestätigen werden, nicht gerade mein erfolgreichstes. Und dennoch, wissen Sie, wenn ich etwas mehr Zeit gehabt hätte, so hätte ich sie schließlich doch noch eingekocht», sagte er mit sichtlichem Behagen.

«Jetzt weiß ich immer noch nicht, wie Sie hierhergekommen sind.»

«Nichts weiter als ein Impromptu. Ich war in einem Gasthof, etwa neunzig Kilometer von hier, in einem Ort, der, glaube ich, mit B beginnt. Ich kann mich an den Namen nicht mehr erinnern. Dort saß ein komischer alter Kauz, der gerade aus dem Gefängnis entlassen worden war, und zechte mit seinen Kumpanen. Unter den Ortsbewohnern war er offenbar eine ziemlich angesehene Figur, der Bürgermeister, schätze ich – Sie kennen ja diesen Typus, mit dickem Bauch und Uhrkette und einer Uhr, so groß wie ein Käselaib, und ungeheuer wichtigtuerischem Gehabe. Er erzählte den anderen gerade die Geschichte von einem Mann, der sich sein Leben erkaufte; den zehnten Mann nannte er ihn – gar kein schlechter Titel, übrigens. Er hegte irgendeinen Groll gegen ihn, weshalb, habe ich nicht begriffen. Nun gut. Mir kam es jedenfalls höchst unwahrscheinlich vor, daß dieser Chavel jemals die Unverfrorenheit haben würde, nach Hause zurückzukehren – und so habe ich beschlossen, es an seiner Stelle zu tun. Seine Rolle konnte ich ja viel besser spielen als er selbst – eine stumpfsinnige Rechtsanwaltstype –, aber Sie natürlich, *Sie* kannten den Mann.»

«Ja, und damit hatten Sie nicht gerechnet.»

«Wer hätte damit schon gerechnet? Das war wirklich ein zu unwahrscheinlicher Zufall. Und Sie, nehme ich an, sind tatsächlich im selben Gefängnis gewesen? Sie sind nicht auch auf Theatertournee durch die Provinz?»

«Nein, ich war wirklich dort.»

«Warum haben Sie dann vorgegeben, mich zu erkennen?»

Charlot sagte: «Sie war immer von dem Gedanken besessen, Chavel würde eines Tages hier aufkreuzen. Das war eine Zwangsvorstellung von ihr. Ich dachte, Sie könnten sie von dieser Zwangsvorstellung vielleicht heilen. Und das haben Sie vielleicht auch getan. Jetzt muß ich aber gehen. Rühren Sie sich nicht von hier fort, wenn Sie nicht in den Regen hinaus gejagt werden möchten.»

Er traf Thérèse im Eßzimmer an. Sie stand da und starrte auf das Porträt seines Großvaters. «Keine Ähnlichkeit», sagte sie, «nicht die geringste Ähnlichkeit.»

«In den Augen vielleicht, finden Sie nicht?»

«Nein, ich sehe überhaupt keine Ähnlichkeit. Da sehen Sie ja dem Bild noch ähnlicher als er.»

Er sagte: «Soll ich jetzt den Tisch decken?»

«Nur das nicht», sagte sie. «Jetzt, da er in der Nähe ist, können wir hier doch nicht essen.»

«Sie brauchen keine Angst mehr zu haben. Er ist endgültig fort, glauben Sie mir. Der macht Ihnen keinen Kummer mehr. Sie können ihn jetzt ein für allemal vergessen», sagte er.

«Genau das kann ich nicht.» Leidenschaftlich stieß sie hervor: «Sie sehen ja, was für ein Feigling ich bin. Erst vor ein paar Tagen habe ich gesagt, daß jeder einmal in seinem Leben auf die Probe gestellt wird und daß man erst nachher weiß, wer man ist. Ich weiß es jetzt. Ich sollte ihm die Hand schütteln und sagen: ‹Sei mir willkommen, Bruder: wir sind vom gleichen Schlag.›»

«Wieso?» sagte Charlot. «Sie haben ihn doch hinausgeworfen. Was hätten Sie sonst tun sollen?»

«Ich hätte ihn erschießen können. Ich hatte immer vor, ihn zu erschießen.»

«Man kann sich doch nicht einfach umdrehen, den Revolver holen, zurückkommen und kaltblütig einen Menschen niederschießen.»

«Warum nicht? Er hat meinen Bruder kaltblütig erschießen lassen. An Kaltblütigkeit hat's dort überhaupt nicht gefehlt, damals, in dieser langen Nacht, meinen Sie nicht auch? Sie haben mir doch erzählt, daß man ihn am Morgen erschossen hat.»

Wieder sah er sich in die Verteidigungsposition gedrängt. «Es gibt noch etwas, was ich Ihnen nicht erzählt habe. Im Verlauf dieser Nacht hat er einmal versucht, den Handel rückgängig zu machen. Doch Ihr Bruder wollte nichts davon wissen.»

«Einmal», sagte sie, «einmal! Das muß man sich vorstellen. Er hat es einmal versucht! Wetten, daß er sich die allergrößte Mühe gegeben hat bei diesem Versuch.»

Sie nahmen das Abendessen wie üblich in der Küche ein. Madame Mangeot erkundigte sich mürrisch, was denn so großen Lärm in der Vorhalle verursacht habe.

«Es war nur ein Bettler», sagte Charlot, «der hier übernachten wollte.»

«Warum habt ihr ihn ins Haus hereingelassen? Ich brauche nur den Rücken zu kehren, und schon schleicht sich solches Gesindel bei uns ein. Was würde Michel wohl dazu sagen?»

«Er ist nicht weiter als bis in die Halle gekommen, Mutter», sagte Thérèse.

«Aber ich habe zwei Leute über den Korridor zur Küche gehen gehört. Du warst es nicht, denn du warst im oberen Stockwerk.»

Schnell sagte Charlot: «Ich konnte ihn doch nicht hinauswerfen, ohne ihm wenigstens ein Stück Brot zu geben. Das wäre doch unmenschlich. Ich habe ihn durch die Hintertür hinausgelassen.»

Thérèse wandte mißmutig den Blick von ihm ab und sah auf die nasse Welt vor dem Fenster hinaus. Man konnte hören, wie der Regen in Böen auf das Haus zukam, gegen die Fenster schlug und von den Dachrinnen tropfte. Eine solche Nacht im Freien verbringen zu müssen, konnte man keinem Menschen wünschen, und er dachte, wie sehr sie Chavel hassen mußte. Ganz unbefangen dachte er an Chavel wie an einen anderen Menschen: Er hatte die Möglichkeit erhalten, sich dieser Identität zu entledigen, für immer, wie er glaubte.

Es war ein schweigsames Mahl. Als es beendet war, schleppte Madame Mangeot sich geradewegs in ihr Schlafzimmer. Sie half nun nie mehr bei der Hausarbeit und vermied es, darauf zu warten, ihre Tochter bei der Arbeit zu sehen. Was sie nicht sah, davon wußte sie nichts. Die Mangeots waren Grundbesitzer: sie arbeiteten nicht, sondern stellten andere dazu an…

«Er sah nicht aus wie ein Feigling», sagte Thérèse.

«Jetzt könnten Sie ihn doch endlich vergessen.»

«Dieser Regen ist hinter ihm her», sagte Thérèse. «Von der Schwelle dieses Hauses weg verfolgt er ihn. Dieser besondere Regen. Er ist wie ein Bindeglied.»

«Sie sollen nicht mehr an ihn denken.»

«Und Michel ist tot. Jetzt ist er wirklich tot.» Sie strich mit der Handfläche über die beschlagene Fensterscheibe, um sie klar zu wischen. «Er ist gekommen und wieder gegangen, und Michel ist tot. Niemand sonst hat ihn gekannt.»

«Ich habe ihn gekannt.»

«Ach, ja», sagte sie beiläufig, diese Bekanntschaft schien für sie nicht zu zählen.

«Thérèse», sagte er. Es war das erste Mal, daß er sie bei ihrem Vornamen nannte.

«Ja?» fragte sie.

Er war ein Mann, der an der Konvention festhielt: Nichts konnte ihn davon abbringen. Für jede Situation gab es in seinem Vorleben fertige Verhaltensmuster, auf die er zurückgreifen konnte: Sie standen um ihn herum wie Schneiderpuppen. Für den Fall einer Verurteilung zum Tod war ihm zwar kein fertiges Verhaltensmuster zur Verfügung gestanden, doch hatte er das reife Mannesalter nicht erreicht, ohne mehr als einmal um die Hand einer Frau anzuhalten. Die Begleitumstände waren damals allerdings einfacher. Er hatte sein Jahreseinkommen und den Wert seiner Besitztümer in ziemlich exakten Zahlen angeben können. Noch ehe es soweit kam, hatte er die dazu notwendige intime Atmosphäre zu schaffen verstanden, und er hatte einigermaßen sicher sein können, daß er und die junge Dame sehr ähnlicher Ansicht waren über Dinge wie Politik, Religion oder Familienleben. Nun sah er sich, ein Geschirrtuch in der Hand, in einer Blechbüchse reflektiert: Er hatte weder Geld noch Grund, noch Besitz, und er wußte nichts von der Frau – wußte nur, daß sein Körper und sein Herz sie blind begehrten, fühlte nur diese überwältigende Zärtlichkeit, diese nie gekannte Sehnsucht, sie zu beschützen...

«Was ist los?» sagte sie. Sie stand immer noch am Fenster, als könnte sie sich nicht losreißen vom langen, nassen Marsch des angeblichen Chavel.

Steif sagte er: «Ich bin schon mehr als zwei Wochen hier. Sie wissen gar nichts über mich.»

«Ist schon in Ordnung», sagte sie.

«Haben Sie einmal darüber nachgedacht, was Sie machen werden, wenn sie stirbt?»

«Ich weiß es nicht. Ich habe noch Zeit genug, darüber nachzudenken.» Widerstrebend löste sie ihren Blick von dem regenüberströmten Fenster. «Vielleicht werde ich heiraten», sagte sie und lächelte ihm zu.

Er wurde von einem Gefühl der Übelkeit und Verzweiflung ergriffen. Er hatte ja tatsächlich keinen Grund zur Annahme, daß sie in Paris nicht einen Verehrer zurückgelassen hatte; wahrscheinlich irgendeinen dummen Jungen aus ihrer eigenen Gesellschaftsschicht, der in den Gassen um Ménilmontant die gleichen Lebenserfahrungen gemacht hatte wie sie.

«Wen?»

«Wie soll ich das wissen», sagte sie leichthin. «Die Auswahl ist hier in der Gegend ja nicht allzu groß, nicht wahr? Roche, der einarmige Kriegsheld: Ich hab keine große Lust, so ein Mannsbild zu heiraten. Dann gäbe es noch Sie, natürlich...»

Er spürte, daß sein Mund ganz ausgetrocknet war: Es war absurd, in solche Aufregung zu geraten, wenn man um die Tochter einer Gemischtwarenhändlerin anhielt... doch er hatte die Gelegenheit bereits verpaßt, noch ehe es ihm gelang, seine Zunge in Bewegung zu setzen. «Vielleicht», sagte sie, «muß ich mir auf dem Markt von Brinac einen suchen. Man hat mir immer erzählt, daß einer Frau, wenn sie reich ist, so viele Mitgiftjäger nachlaufen. Ich sehe rundum keinen einzigen.»

Steif und förmlich begann er nochmals von vorn: «Thérèse.» Er machte eine Pause. «Wer ist das?»

«Ach, nur meine Mutter», sagte sie, «wer sollte es sonst schon sein?»

«Thérèse», rief eine Stimme von der Treppe herab. «Thérèse.»

«Sie werden das Geschirr ohne mich fertigspülen müssen», sagte Thérèse. «Diese Stimme kenne ich. Es ist ihre Gebetsstimme. Sie wird mir nicht einschlafen, bevor wir nicht mindestens einen Rosenkranz zusammen gebetet haben. Gute Nacht, Monsieur Charlot.»

Mit dieser förmlichen Anrede pflegte sie ihn allabendlich anzusprechen, um die Verletzungen seiner Eitelkeit, die ihm tagsüber widerfahren sein mochten, wiedergutzumachen. Er hatte den rechten Augenblick versäumt und wußte, daß es möglicherweise Wochen dauern würde, ehe eine solche Gelegenheit wiederkam. An diesem Abend, hatte er deutlich gefühlt, war sie in nachgiebiger Stimmung gewesen. Morgen aber...

Als er die Tür zu seinem Zimmer öffnete, lag Carosse, der gegen die Kälte seinen Mantel über sich gebreitet hatte, mit halboffenem Mund und unregelmäßig schnarchend auf dem Bett. Das Klicken der Türklinke weckte ihn: Er rührte sich nicht, sondern schlug nur die Augen auf und blickte mit einem schwachen, gönnerhaften Lächeln auf Charlot: «Nun», fragte er, «habt ihr euch ausführlich über mich unterhalten?»

«Für einen erfahrenen Schauspieler haben Sie diesmal die falsche Rolle gewählt.»

«Da bin ich nicht so sicher», sagte Carosse. Er richtete sich im Bett auf und strich mit der Hand über sein breites, aufgeschwemmtes Schauspielerkinn. «Ich bin, glaube ich, etwas übereilt vorgegangen, wissen Sie. Ich hätte die ganze Sache nicht so überstürzen sollen. Schließlich und endlich können Sie nicht leugnen, daß es mir gelungen ist, Interesse zu erwecken. Damit hat man das Spiel schon halb gewonnen, mein lieber Freund.»

«Sie haßt Chavel.»

«Tja, nun bin ich aber nicht der echte Chavel, dürfen Sie nicht vergessen. Ich bin ein idealisierter Chavel – eine kunstvolle Neuschöpfung Chavels. Sehen Sie nicht, wie sehr ich dadurch gewinne, daß ich nicht an die plumpe und zweifelsohne ganz unattraktive Wahrheit gebunden bin? Lassen Sie mir nur etwas Zeit, mein Lieber, und ich bringe sie noch dazu, Chavel zu lieben. Sie haben mich nicht zufällig als Pierre Louchard gesehen?»

«Nein.»

«Eine grandiose Rolle. Ich spielte einen trunksüchtigen, nichtsnutzigen Roué – einen Verführer von der allerübelsten Sorte. Aber wie sind die Herzen der Frauen mir zugeflogen! Diese Rolle allein hat mir mehr Einladungen eingebracht...»

«Sie hat Ihnen ins Gesicht gespuckt.»

«Aber, mein lieber Freund, wie sollte ich das vergessen haben? Es war großartig. Es war einer der grandiosesten Momente, die ich je erlebt habe. Auf der Bühne läßt sich ein solches Maß an Realismus gar nicht erreichen. Und auch ich war ganz gut, glaube ich. Der Ärmel: wie würdevoll! Ich wette, sie denkt heute Nacht im Bett noch an diese Geste.»

«Sicher», sagte Charlot, «kann sich Chavel nicht mit Ihnen messen.»

«Richtig, ich vergesse immer, daß Sie den Mann ja kannten. Könnten Sie mir für die Rolle nicht einen guten Tip geben?»

«Was hätte das für einen Sinn? Sie müssen fort, bevor es hell wird. Der Vorhang ist gefallen. Dürfte ich bitte mein Bett wieder haben?»

«Da ist Platz genug für zwei», sagte der Schauspieler, indem er ein Stückchen zur Wand rückte. Er schien, wenn er in Bedrängnis geriet, voll Freude und Erleichterung in die Ungeniertheit und Rüpelhaftigkeit seiner Jugendjahre zurückzufallen. Plötzlich war er nicht mehr der große, alternde Carosse. Man konnte förmlich sehen, wie unterhalb der Fettschichten eine neue Jugendfrische seine Adern zu schwellen begann. Er stützte sich auf seinen Ellbogen und sagte hinterhältig: «Sie dürfen mir nicht übelnehmen, was ich sage.»

«Wie meinen Sie das?»

«Je nun, mein lieber Freund, es will mir ganz so scheinen, als hätten Sie sich in den Fesseln zärtlicher Leidenschaft verfangen.» Er gab einen kleinen Rülpser von sich und grinste quer über das Bett.

«Reden Sie doch nicht solchen Unsinn», sagte Charlot.

«Das ist nichts als eine vernünftige Schlußfolgerung. Sie, ein Mann in den Jahren, in denen man für die Reize der Jugend am empfänglichsten ist, leben allein in einem Haus mit einer jungen Dame, die gar nicht unattraktiv, wenn auch etwas ungeschliffen ist. Dazu kommt, daß Sie lange Zeit im Gefängnis waren – und ihren Bruder kannten. Eine einfache chemische Reaktion, mein Lieber, nichts weiter.» Er rülpste abermals. «Das kommt davon», erklärte er, «wenn ich spät abends noch etwas esse. Ich muß mich beim Abendessen immer sehr zurückhalten, wenn ich mich mit einer kleinen Freundin amüsieren will. Aber gottlob ist es mit solchen Liebeleien in ein paar Jahren vorbei, und mit älteren Frauen kann man sich dann so geben, wie man ist.»

«Sie sollten sich lieber schlafen legen. Ich werde Sie morgen sehr früh wecken.»

«Sie haben vor, sie zu heiraten, nehme ich an?»

An das Waschbecken gelehnt, beobachtete Charlot Carosse mit dumpfem Abscheu – beobachtete nicht nur Carosse, denn in dem Spiegel an der Schranktür sah er ihrer beider Spiegelbild: zwei heruntergekommene Männer mittleren Alters, die sich über ein junges Mädchen unterhielten. Noch nie zuvor war er sich seines Alters so deutlich bewußt geworden.

«Wissen Sie», sagte Carosse, «eigentlich bedaure ich es fast, von hier wegzugehen. Ich glaube, mit Ihnen könnte ich es aufnehmen – sogar noch als Jean-Louis Chavel. Sie sind überhaupt kein Draufgänger, mein Lieber. Sie hätten sich ein Herz nehmen und sie erobern müssen, heute abend, als emotionale Spannung in der Luft lag – dank mir.»

«Ihnen wäre ich ungern zu Dank verpflichtet.»

«Warum denn das? Sie haben mir doch nichts vorzuwerfen. Vergessen Sie nicht, ich bin nicht Chavel.» Er gähnte und rekelte sich. «Ach was, lassen wir es gut sein.» Er legte sich an der Wandseite des Bettes bequem zurecht. «Seien Sie ein guter Junge und löschen Sie das Licht aus», sagte er und war einen Augenblick später schon eingeschlafen.

Charlot setzte sich auf den harten Küchenstuhl, die einzige noch verbleibende Sitzgelegenheit. Wohin er auch sah, überall entdeckte er Anzeichen dafür, wie hemmungslos der angebliche Chavel sich häuslich bei ihm eingerichtet hatte. An der Tür hing sein Mantel, und darunter hatte sich auf dem Linoleum eine kleine Wasserpfütze gebildet; seine Jacke hatte er über den Stuhl gehängt. Bei jeder Bewegung fühlte Charlot am Unterschenkel das baumelnde Gewicht der Jackentasche des anderen. Das Bett krachte, als der Schauspieler sich bequem zur Mitte rollte. Charlot löschte das Licht und spürte wieder die schwer beladene Jackentasche gegen seinen Schenkel schlagen. Regelmäßig wie Meeresbrandung schlug der Regen gegen das Fenster. Freude und Hoffnung des Tages zerfielen in Nichts, auf dem Bett sah er seine eigene Begierde sich rekeln, welk und abstoßend. Wir sollten uns beide aus dem Staub machen, das wäre das beste, dachte er.

Er rückte zur Seite und fühlte die schwere Jackentasche neben sich. Der Schauspieler drehte sich auf den Rücken und begann sanft und anhaltend zu schnarchen. Charlot vermochte im Dunkel gerade noch seine Umrisse wahrzunehmen, wie achtlos hingeworfene Mehlsäcke. Er griff in Carosses Tasche und berührte den kalten Griff eines Revolvers. Das war nicht weiter erstaunlich, man war in die Ära des bewaffneten Bürgers zurückgefallen; der Revolver war etwas so Selbstverständliches wie dreihundert Jahre früher ein Schwert. Trotzdem, dachte er, wäre es mir lieber, er steckte in meiner Tasche, statt in seiner. Es war ein kleiner, altmodischer Revolver; er drehte mit dem Finger das Magazin weiter und sah, daß fünf der sechs

Kammern geladen waren. Die sechste war leer, doch als er die Waffe an die Nase hielt, konnte er am Geruch eindeutig erkennen, daß sie erst vor kurzem abgefeuert worden sein mußte. Etwas, das aussah wie eine Ratte, bewegte sich zwischen den Mehlsäcken auf dem Bett: Es war der Arm des Schauspielers. Er murmelte etwas vor sich hin, was Charlot nicht verstand; ein Wort klang wie *destin* – vermutlich rezitierte er sogar im Schlaf noch eine Rolle.

Charlot steckte den Revolver in seine eigene Tasche. Dann griff er nochmals in Carosses Jacke: Er zog ein kleines, mit einem Gummiring zusammengehaltenes Bündel Papiere hervor. Es war zu dunkel, um sie zu untersuchen: Vorsichtig öffnete er die Tür und trat auf den Korridor. Ängstlich bemüht, keinen Lärm zu machen, ließ er die Tür angelehnt und machte Licht. Dann ging er an die Untersuchung seines glücklichen Fischzugs.

Schon auf den ersten Blick war zu erkennen, daß das nicht Carosses Papiere waren. Da gab es eine auf den Namen Toupard ausgestellte Rechnung über ein Fischbesteck, datiert und bestätigt in Dijon am 30. März 1939: Eine recht lange Zeitspanne, dachte er, um eine Empfangsbestätigung aufzubewahren, wenn jemand nicht außergewöhnlich pedantisch war; doch daß Toupard ein pedantischer Mensch war, stand außer Zweifel – das bewies das Foto auf seinem Personalausweis: ein schüchterner Mann, der ständig fürchtete, betrogen zu werden und auf Schritt und Tritt eine Falle witterte. Man konnte sich gut vorstellen – Charlot hatte im Gerichtssaal Dutzende Leute dieser Art kennengelernt –, daß er zeitlebens endlose Umwege machte, in der Hoffnung, dadurch Gefahren auszuweichen. Wie mochten seine Papiere bloß in Carosses Besitz gelangt sein? Charlot fiel die leere Patronenkammer im Revolver des Schauspielers ein. Papiere waren heutzutage wertvoller als Geld. Der Schauspieler war bereit gewesen, um einer einzigen Übernachtung willen aus dem Stegreif die Rolle Chavels zu spielen, aber hatte er wirklich hoffen können, man würde ihm *diesen* Identitätswechsel abnehmen? Darauf gab es natürlich nur die Antwort, daß sich in fünf Jahren vieles verändert. Am Ende eines Krieges sind unser aller Porträtfotos veraltet: Dem Schüchternen hat man eine Schußwaffe zum Abschlachten von Menschen in die Hand gedrückt, und der Tapfere hat im Sperrfeuer die Nerven verloren.

Er ging in sein Zimmer zurück und steckte Papiere und Revolver in die Jackentasche des Schauspielers zurück. Ihm lag nun nichts mehr daran, den Revolver zu behalten. Hinter ihm fiel die Tür ins Schloß, es klang wie ein Schuß, und Carosse setzte sich ruckartig im Bett auf. Der Blick seiner aufgerissenen Augen fiel auf Charlot und angsterfüllt schrie er: «Wer sind Sie?», doch ehe noch eine Antwort kam, war er schon wieder so tief und fest eingeschlafen wie ein Kind. Warum war es nicht jedem, der einen Menschen umgebracht hatte, gegeben, so tief und fest zu schlafen, fragte sich Charlot.

14

«Wo waren Sie?» sagte Thérèse.

Er kratzte mit einem Messer den Schmutz von seinen Schuhen und antwortete: «Heute nacht glaubte ich, Schritte in der Nähe des Geräteschuppens zu hören. Ich wollte mich vergewissern.»

«Haben Sie was entdeckt?»

«Nein.»

«Vielleicht war es Chavel», sagte sie. «Ich bin stundenlang wach gelegen und habe nachgedacht. Es war schrecklich, einen Menschen in so eine Nacht hinauszujagen. Wir saßen da, meine Mutter und ich, und haben gebetet und gebetet. Und er war draußen unterwegs. So viele Vater Unser, und ich konnte die Stelle über unsere Schuldiger doch nicht jedesmal weglassen, sonst hätte meine Mutter noch was gemerkt.»

«Immer noch besser, im Regen spazierenzugehen als erschossen zu werden.»

«Weiß ich nicht. Glauben Sie? Das hängt ganz davon ab, nein? Als ich ihm ins Gesicht spuckte...» Sie hielt inne, und er sah noch sehr deutlich das Bild des Schauspielers vor sich, wie er auf dem Bett lag und sich seiner Geste rühmte. Sie wird noch daran denken, hatte er gesagt. Es war eine furchterregende Erkenntnis, daß ein so falscher Mensch sich so präzise in das Denken einer so wahrhaftigen Person hineinversetzen konnte. Andersherum, dachte er, funktioniert das nie. Wahrhaftigkeit lehrt einen nicht, seine Mitmenschen zu durchschauen.

Er sagte: «Das ist jetzt vorbei. Denken Sie nicht mehr daran.»

«Glauben Sie, daß er irgendeinen Unterschlupf gefunden hat? Im Dorf hat er sich wahrscheinlich nicht zu fragen getraut. Es hätte doch niemand weh getan, ihn eine Nacht hier verbringen zu lassen», sagte sie vorwurfsvoll. «Warum haben *Sie* das nicht vorgeschlagen? Sie haben doch keinen Grund, ihn zu hassen.»

«Schlagen Sie ihn sich lieber ganz aus dem Sinn. Bevor Sie ihn gesehen haben, waren Sie nicht so sehr darauf erpicht, ihm zu vergeben.»

«Es ist viel schwerer, ein Gesicht zu hassen, das man kennt», sagte sie, «als eines, das man sich bloß vorstellt.»

Er dachte: Wenn das so ist, was bin ich dann für ein Narr gewesen.

«Letzten Endes», sagte sie, «sind wir uns ähnlicher, als ich dachte, und als es darauf ankam, konnte ich nicht auf ihn schießen. Ich habe im entscheidenden Moment genauso versagt wie er!»

«Oh, wenn es Ihnen darum geht», sagte er zu ihr, «dann können Sie doch mich als Beispiel nehmen. Bin denn ich Ihnen nicht Versager genug?»

Sie sah mit erschreckend teilnahmslosem Blick zu ihm auf. «Doch», sagte sie, «doch, ja. Das sind Sie wahrscheinlich. Michel hat mir durch ihn eine Nachricht geschickt.»

«Hat er jedenfalls behauptet.»

«Ich kann mir nicht vorstellen, warum er in diesem Punkt gelogen haben sollte und in der entscheidenden

Sache nicht. Aber eines steht fest», sagte sie mit furchtbarer Schlichtheit, «er ist mir nicht vorgekommen wie ein Mensch, der lügt.»

In der Nacht erkrankte Madame Mangeot: Diese großen mütterlichen Brüste hatten über ihre Schwäche also nur hinweggetäuscht. Ein Arzt konnte da nicht helfen, abgesehen davon, daß es damals gar nicht genügend Ärzte gab, um ein so finsteres Provinznest wie Brinac zu versorgen. Ein Priester war der kranken Frau viel wichtiger, und so wagte sich Charlot zum erstenmal in die Gefahrenzone St. Jean. Es war so früh am Morgen, daß die Straßen noch menschenleer waren, und auf dem Weg zum Pfarrhaus begegnete ihm niemand. Dort angekommen, spürte er jedoch sein Herz gegen die Rippen trommeln, als er klingelte. Er hatte den alten Herrn gut gekannt: Jedesmal, wenn Chavel nach St. Jean gekommen war, hatte er ihn zum Abendessen in das große Haus eingeladen. Das war kein Mann, der sich durch einen Bart und die Spuren, die einige wenige Jahre in einem Gesicht hinterlassen, irreführen ließ, und Charlot empfand eine Mischung aus Angst und Erwartung: Was wäre es für ein merkwürdiges Gefühl, wieder man selbst zu sein, und sei es auch nur für einen einzigen Menschen.

Doch es war ein Fremder, der auf sein Klingeln öffnete: ein jüngerer, dunkelhaariger Mann mit der barschen Art eines tüchtigen, hart arbeitenden Handwerkers. Er packte die geweihten Hostien in seine Tasche, wie ein Klempner sein Werkzeug. «Ist es naß draußen auf den Feldwegen?» fragte er.

«Ja.»

«Dann müssen Sie warten, bis ich meine Galoschen übergezogen habe.»

Er ging rasch, und Charlot hatte Mühe, mit ihm Schritt zu halten. In kurzem Abstand folgte er den saugenden und schmatzenden Galoschen. Charlot sagte:

«Früher war hier doch ein gewisser Pater Russe?»

«Der ist gestorben», sagte der junge Priester. «Letztes Jahr.» Düster setzte er hinzu: «Er hatte sich nasse Füße geholt.» Er ergänzte: «Sie glauben gar nicht, wie viele Pfarrer sich dadurch den Tod holen. Man könnte es fast als ein Berufsrisiko bezeichnen.»

«Er soll ein guter Mensch gewesen sein, sagt man.»

«Es ist nicht schwer», sagte Pater Russes Nachfolger schroff, «die Leute auf dem Land zufriedenzustellen. Jeder Priester, der in einem Dorf vierzig Jahre verbracht hat, ist ein guter alter Mann.» Es klang, als schnalzte er nach jedem Wort mit der Zunge, in Wirklichkeit aber war es nur das Schmatzen seiner Galoschen.

Thérèse empfing sie an der Eingangstür. Der Priester folgte ihr in das obere Stockwerk, sein Aktenköfferchen unter dem Arm: ein Arbeiter mit seinem Werkzeug. Er mußte sich seine Zeit sehr gut eingeteilt haben: Es waren noch keine zehn Minuten vergangen, da war er schon wieder zurück und zog in der Vorhalle seine Galoschen über. Vom Korridor aus beobachtete Charlot, wie er sich mit geschäftsmäßiger Eile verabschiedete: «Falls Sie mich brauchen», sagte er, «lassen

Sie mich wieder holen, nur denken Sie bitte daran, Mademoiselle, daß ich Ihnen zwar gern zur Verfügung stehe, daß ich aber auch allen anderen Leuten in St. Jean zur Verfügung stehen muß.»

«Würden Sie mir bitte Ihren Segen geben, Vater?»

«Selbstverständlich.»

Er stempelte die Luft wie ein Notar, und weg war er.

Sie waren wieder allein miteinander, und nie zuvor hatte Charlot ihrer beider vollkommene Einsamkeit so deutlich gefühlt. Es war, als wäre der Tod bereits eingetreten, und als stünden sie dieser Tatsache von Angesicht zu Angesicht gegenüber.

15

Der große Darsteller Carosse saß im Geräteschuppen und überdachte seine Lage. Seine einigermaßen erniedrigenden Lebensumstände bedrückten ihn nicht besonders. Er empfand das demokratische Hochgefühl eines Fürsten, der sich über Konventionen und Klassenfragen völlig erhaben fühlt. Carosse hatte schon Georg V. von England gespielt, König Carol von Rumänien, Erzherzog Otto, den persönlichen Gesandten des Präsidenten der Vereinigten Staaten, Feldmarschall Göring, ungezählte Botschafter, darunter den italienischen, den russischen und Herrn Abetz. In seiner Erinnerung glitzerten sie wie Edelsteine: Er hatte das Gefühl, daß der eine oder andere dieser gekrönten oder berühmten Männer bei Bedarf jederzeit gegen «bare Münze» verpfändet werden konnte. Trotzdem war er frühmorgens vorübergehend beunruhigt gewesen, als er in St. Jean zwei an der Wand vor der Polizeistation plakatierte Anschläge gesehen hatte: eine Namensliste von Kollaborateuren, auf der auch sein Name aufschien, und eine Meldung über einen Mord in einer mehr als 70 Kilometer entfernten Ortschaft. Die näheren Einzelheiten dieses Mordes waren der Polizei selbstverständlich unbekannt, denn andernfalls, nahm Carosse mit Sicherheit an, wäre der Fall als Totschlag bezeichnet worden. Er hatte in reiner Notwehr gehandelt, um diesen dummen kleinen Bourgeois daran zu hindern, ihn zu verraten. Den Leichnam hatte er, wie er glaubte, hinter den Stechginsterbüschen am Rand der Gemeindewiese sicher versteckt, und die Papiere des Toten hatte er sich nur ausgeliehen, weil er bei einer flüchtigen formellen Kontrolle mit ihnen vielleicht durchkommen konnte. Nun, da sie ihm nichts mehr nützen, ja ihn möglicherweise sogar in Gefahr bringen konnten, hatte er sie im Geräteschuppen in einem Blumentopf verbrannt und die Asche mit Erde bedeckt.

Beim Anblick der zwei Anschläge war ihm klargeworden, daß es wenig Sinn hatte, seine Reise fortzusetzen. Jedenfalls nicht, bevor alle diese Anschläge zerknittert, vom Wind zerfetzt und mit der Zeit bis zur Unkenntlichkeit verblichen waren. Er mußte eine Unterkunft finden, und es gab nur ein einziges Haus, wo dies möglich war. Dieser Charlot hatte seine Hausfrau schon einmal belogen, indem er Carosses Betrug gedeckt hatte, und er hatte überdies gegen das Gesetz verstoßen, indem er einen Kollaborateur beherbergte: Es waren also alle nötigen Voraussetzungen gegeben, um Druck auf ihn ausüben zu können. Als er jedoch, auf einem Schubkarren sitzend, die Lage genauer überdachte, begann seine Phantasie sich an einem noch gewagteren Plan zu entzünden. Vor seinem geistigen Auge hob sich der Vorhang über einer romantischen Szene, der nur ein genialer Schauspieler Glaubwürdigkeit zu verleihen vermochte, wenngleich die Szene selbst vielleicht gar nicht besonders originell war: Shakespeare hatte den Einfall bereits vorweggenommen.

Durch ein Astloch in der Wand beobachtete er, wie Charlot querfeldein in Richtung St. Jean lief: Zum Einkaufen war es noch zu früh, und er war in Eile. Carosse, dessen plumpes Gesäß über den Rand des Schubkarrens hing, wartete geduldig und sah endlich Charlot mit dem Priester zurückkehren. Wenig später sah er den Priester allein, Aktenkoffer unter dem Arm, das Haus wieder verlassen. Für seinen Besuch konnte es nur eine Erklärung geben, und unverzüglich wurde die neue Sachlage in den kreativen Denkprozeß mit einbezogen, was zu einer gewissen Modifikation der geplanten Szene führte. Noch aber verhielt Carosse sich abwartend. Sollte Genialität tatsächlich gleichbedeutend sein mit grenzenloser Leidensfähigkeit, dann war Carosse ein genialer Schauspieler. Endlich wurde seine Geduld belohnt: Er sah Charlot das Haus verlassen und abermals den Weg nach St. Jean einschlagen.

Carosse entfernte die Reste modrigen Laubes von seinem Mantel und streckte seine verkrampften Glieder wie ein großer, fauler, kastrierter Kater. Der Revolver in seiner Manteltasche schlug dumpf gegen seinen Schenkel.

Kein Schauspieler ist je ganz frei von Lampenfieber, und als Carosse um die Vorderseite des Hauses herum auf den Kücheneingang zuging, zitterte er vor Angst. Er hatte das Gefühl, als seien die Worte seiner Rolle aus seinem Gedächtnis gelöscht, seine Kehle ausgetrocknet, und als er an der Klingelschnur zog, ertönte in der Küche nur ein kurzes, zaghaftes Bimmeln, das keinerlei Ähnlichkeit hatte mit dem herrischen, herausfordernden Läuten bei seinem ersten Besuch. Er hielt den Revolver in seiner Tasche umklammert, als fände er darin eine Bestätigung seiner Männlichkeit. Als die Tür geöffnet wurde, sagte er leicht stotternd: «Verzeihen Sie.» Trotz seiner Angst erfaßte er jedoch sogleich, daß er mit diesem unfreiwilligen Stammeln genau den richtigen Ton getroffen hatte: Es wirkte mitleiderregend, und Mitleid konnte ihm die Tür offenhalten wie der Fuß eines Bettlers. Das Mädchen stand im Schatten, so daß er ihr Gesicht nicht sehen konnte; er stammelte irgend etwas, achtete dabei auf den Klang seiner Stimme und gewann allmählich sein Selbstvertrauen zurück. Die Tür blieb offen: Mehr konnte er sich einstweilen gar nicht wünschen.

Er sagte: «Ich hatte das Dorf noch nicht verlassen, da hörte ich von der Erkrankung Ihrer Mutter. Ich mußte wiederkommen, Mademoiselle. Ich weiß, daß

Sie mich hassen, doch bitte, glauben Sie mir, daß es nie meine Absicht war, auch noch Ihre Mutter umzubringen.»

«Sie hätten nicht zurückzukommen brauchen. Sie hat von der Sache mit Michel nichts gewußt.»

Dieser Beginn war vielversprechend: Er sehnte sich danach, seinen Fuß über die Schwelle zu setzen, wußte aber, daß er damit alles verderben konnte. Als Stadtmensch war er mit der ländlichen Abgeschiedenheit nicht vertraut, und er kam daher von dem Gedanken nicht los, jeden Augenblick könnte plötzlich ein Vertreter hinter ihm stehen, oder Charlot könnte vorzeitig zurückkommen. Ständig horchte er auf ein Knirschen im Kies.

«Mademoiselle», sagte er flehend, «ich mußte wiederkommen. Gestern abend haben Sie mich nicht zu Ende reden lassen. Nicht einmal die Botschaft von Michel habe ich Ihnen vollständig ausgerichtet.» (Verdammt, dachte er, das gehört nicht zur Rolle: welche Botschaft?) Er wich aus: «Er hat sie mir aufgetragen in der Nacht, in der er starb», und staunte über den Erfolg seiner Worte.

«In der Nacht, in der er starb? Ist er denn nachts gestorben?»

«Ja, selbstverständlich... In der Nacht.»

«Aber Charlot hat mir doch erzählt, daß es am Morgen war – am Morgen darauf.»

«Ach, daß der Mann ein so notorischer Lügner ist», stöhnte Carosse.

«Aber wozu sollte er lügen?»

«Er wollte die Sache für mich noch schlimmer machen», improvisierte Carosse. Er fühlte eine Welle des Stolzes auf seine Schlauheit, die ihn über die Schwelle in das Innere des Hauses trug: Thérèse Mangeot war zurückgetreten, um ihn einzulassen. «Es ist doch etwas weit Schlimmeres, einen Mann in den Tod gehen zu lassen, der eine ganze Nacht Zeit gehabt hat, darüber nachzudenken, nicht wahr? Ich war ihm noch nicht schurkisch genug.»

«Er sagte, Sie hätten einmal versucht, Ihr Angebot zurückzuziehen.»

«Einmal», rief Carosse aus, «jawohl, einmal. Es war meine letzte und einzige Chance, denn dann ist er schon hinausgeführt worden.» Tränen standen ihm in den Augen, als er sie beschwor: «Mademoiselle, bitte glauben Sie mir, daß es nachts war.»

«Ja», sagte sie, «ich weiß, daß es nachts war. Ich bin vor Schmerz erwacht.»

«Das war um welche Zeit?»

«Kurz nach Mitternacht.»

«Es war genau um diese Zeit.»

«Wie niederträchtig von ihm», sagte sie, «wie niederträchtig, mich so zu belügen!»

«Mademoiselle, Sie kennen diesen Charlot nicht so gut, wie wir ihn im Gefängnis kennengelernt haben. Ich weiß, Mademoiselle, daß Sie nicht einmal Verachtung für mich übrig haben. Ja, ich habe mir mein Leben auf Kosten Ihres Bruders erkauft, aber ich habe wenigstens nicht gemogelt, um meine Haut zu retten.»

«Wie meinen Sie das?»

Er entsann sich der Schilderung des Bürgermeisters, wie jeder ein Los gezogen hatte. Er sagte: «Mademoiselle, wir haben damals in alphabetischer Reihenfolge gezogen, dabei aber von hinten begonnen, weil dieser Charlot darauf bestanden hat. Zum Schluß waren nur noch zwei Zettel übrig, für ihn und für mich, und einer davon war mit dem Todeskreuz markiert. Es zog in der Zelle, und die Zugluft muß die Zettel hochgewirbelt haben, so daß er erkennen konnte, welcher der beiden gekennzeichnet war. Er zog, bevor die Reihe an ihn kam – Charlot wäre erst nach Chavel an der Reihe gewesen –, und nahm den unmarkierten Zettel.»

Zweifelnd wies sie auf die offenkundige Schwachstelle hin: «Sie hätten doch verlangen können, daß die Ziehung wiederholt wird.»

«Mademoiselle», sagte Carosse, «damals glaubte ich noch, es sei ein unbeabsichtigter Irrtum gewesen. Wenn sein Leben davon abhängt, kann man einen Menschen doch nicht für einen unbeabsichtigten Irrtum büßen lassen.»

«Aber trotzdem haben Sie sich Ihr Leben erkauft?»

Er spielte, das wußte er, eine unglaubwürdige Rolle: Der Charakter, den er darstellte, strotzte von unvereinbaren Widersprüchen: Also mußte das Publikum durch gefühlsbetonte Schauspielkunst im Sturm erobert werden. Flehend bat er: «Mademoiselle, Sie wissen so viele Dinge nicht. Dieser Mensch hat alles in das ungünstigste Licht gerückt. Ihr Bruder war ein schwerkranker Mann.»

«Das weiß ich.»

Erleichtert atmete er auf: Es war, als könnte er nun nicht mehr fehlgehen, und er wurde tollkühn: «Er hat Sie so sehr geliebt und sich so gesorgt, was nach seinem Tod aus Ihnen werden würde. Er zeigte mir immer ein Foto von Ihnen...»

«Er besaß gar kein Foto von mir.»

«Das wundert mich.» Damit untertrieb er: Einen Augenblick lang hatte er den Boden unter den Füßen verloren: Er war zu weit gegangen, doch sofort faßte er sich wieder.

«Dieses Foto, das er mir immer zeigte, war aus einer Zeitung herausgerissen. Es war eine Straßenszene darauf zu sehen und inmitten der Menge, halb verdeckt, ein wunderschönes Mädchen. Wer sie war, kann ich mir jetzt vorstellen: nicht Sie, sondern jemand, der ihn an Sie erinnerte, deshalb hat er das Bild aufbewahrt und behauptet... Wissen Sie, Menschen in einer Gefängniszelle benehmen sich oft sehr seltsam, Mademoiselle. Als er mich bat, ihm meinen Zettel zu verkaufen...»

«O Gott, nein», sagte sie, «nein. Das ist zu unwahrscheinlich. Er hätte *Sie* gebeten... So hat sich die Sache nicht abgespielt.»

Trauer schwang in seiner Stimme: «Man hat Ihnen lauter Lügen aufgetischt, Mademoiselle. Ich habe Schuld genug auf mich geladen, aber wäre ich denn hierher zurückgekommen, wenn meine Schuld wirklich so groß wäre, wie er behauptet?»

«Es war gar nicht Charlot, sondern der Mann, der

mir das Testament und die anderen Papiere geschickt hat. Der Bürgermeister von Bourges.»

«Mehr brauchen Sie mir nicht zu sagen, Mademoiselle. Diese beiden steckten unter einer Decke. Jetzt ist mir alles klar.»

«Wenn *mir* nur auch alles klar wäre, wenn es mir nur klar wäre...»

«Die beiden haben das perfekt ausgeheckt.» Mit bis zum Hals schlagendem Herzen sagte er: «Ich möchte mich nun von Ihnen verabschieden, Mademoiselle – Gott segne Sie.» *Dieu* – das Wort floß ihm von den Lippen, als käme es ihm aus dem Herzensgrund, und es war tatsächlich eines seiner Lieblingsworte, das vielleicht bühnenwirksamste Einzelwort überhaupt: «Gott segne», «Gott ist mein Zeuge»,«Möge Gott dir vergeben» – all diese abgedroschenen großen Phrasen flatterten um *Dieu* herum wie wallende Schleier. So langsam, wie ihm gerade noch vertretbar schien, wandte er sich zur Tür.

«Aber die Botschaft von Michel...?»

16

CAROSSE stand an den Zaun gelehnt und beobachtete die kleine Gestalt, die von St. Jean quer über die Felder auf das Haus zukam. Er stand da in der Haltung eines Menschen, der in seinem eigenen Garten die Muße genießt. Einmal, bei einem plötzlichen Gedanken, lachte er leise auf, doch als die Gestalt näher kam und sich nun eindeutig als Charlot entpuppte, nahmen seine Gesichtszüge sogleich einen Ausdruck von Wachsamkeit und angespanntem Nachdenken an.

Charlot, der sich an den Revolver in der Jackentasche erinnerte, blieb in einiger Entfernung stehen und starrte den anderen an. «Ich dachte, Sie wären fortgegangen», sagte er.

«Ich habe mich entschlossen zu bleiben.»

«Hier?»

Sanft sagte Carosse: «Es ist schließlich mein eigenes Haus.»

«Des Kollaborateurs Carosse?»

«Nein. Des Feiglings Jean-Louis Chavel.»

«Sie haben zwei Dinge nicht bedacht», sagte Charlot, «wenn Sie wirklich Chavel spielen wollen.»

«Ich finde, ich habe mich in diese Rolle recht zufriedenstellend eingelebt.»

«Wenn Sie sich weiterhin als Chavel ausgeben, wird man Ihnen nicht gestatten hierzubleiben – es sei denn, Sie wollen wieder angespuckt werden.»

«Und die zweite Sache?»

«Chavel gehört hier nichts mehr.»

Wieder kicherte Carosse leise, während er sich zurücklehnte und mit der Hand «nur für den Fall» nach dem Revolver tastete.

«Darauf gibt es zwei Antworten, mein lieber Freund.»

Sein Selbstvertrauen erschütterte Charlot, der ihn zornig anschrie:

«Schluß mit der Schauspielerei!»

«Wissen Sie», sagte Carosse sanft, «es ist mir ziemlich leicht gefallen, das Mädchen zu meiner Version der Dinge zu bekehren.»

«Ihrer Version welcher Dinge?»

«Der Geschehnisse im Gefängnis. Ich war nicht dort, verstehen Sie, und das macht es mir so viel einfacher, lebensecht zu wirken. Mir ist verziehen worden, mein lieber Charlot, Sie dagegen sind – verzeihen Sie, wenn ich lache, ich weiß natürlich, wie unerhört unfair das ist – als Lügner gebrandmarkt.» Er brach in schallendes Gelächter aus: Es schien, als erwartete er vom anderen, daß dieser gänzlich uneigennützig den Spaß an der Komik der Situation mit ihm teilte. «Sie müssen verduften, Charlot. Und zwar auf der Stelle. Sie ist sehr böse auf Sie. Ich konnte sie aber überreden, Ihnen als Lohn 300 Francs auszuzahlen. Sie schulden mir also 600 Francs, mein lieber Freund.» Fordernd streckte er ihm die linke Hand entgegen.

«Und Ihnen erlaubt sie zu bleiben?» fragte Charlot zurückhaltend.

«Sie hat gar keine andere Wahl, mein Lieber. Sie wußte nichts von dem Erlaß vom 17. dieses Monats – Sie wohl auch nicht? Nein, Sie lesen hier natürlich keine Zeitungen. Die Verordnung also, derzufolge jeder während der Besatzungszeit erfolgte Besitzwechsel als ungesetzlich gilt, wenn er von einem der Vertragspartner angefochten wird. Wollen Sie wirklich behaupten, daß Ihnen das nicht in den Sinn gekommen wäre? Allerdings ist es selbst mir erst heute morgen eingefallen.»

Entsetzt starrte Charlot ihn an. Die fleischige, fette Gestalt des Schauspielers verwandelte sich mit einemmal in sein eigenes Wunschbild – den Hochmut und Sinnlichkeit verkörpernden Versucher, der vor ihm stand, nachlässig an die Achse des Erdballs gelehnt, und ihm alle Königreiche dieser Welt verhieß in Gestalt von zweieinhalb Hektar Grundbesitz und einem Haus. Er hatte die Wahl: entweder alles oder die 300 Francs, die sich auf wundersame Weise immerfort erneuerten. Ihm war, als hätte er sich den ganzen Morgen über unaufhaltsam auf das Übernatürliche zubewegt: Eine alte Frau lag im Sterben, und das Übernatürliche brach herein: In einem Aktenkoffer war Gott ins Haus gekommen, und wo Gott war, war auch der Teufel niemals weit. Er war der Schatten Gottes: der schmerzliche Beweis für Gottes Existenz. Neuerlich erschallte das dumme Gelächter des Schauspielers, doch dahinter hörte er das Lachen seines Wunschbildes mitschwingen, ein hochmütiges, komplicenhaftes Lachen, das ihn willkommen hieß im Lager des Teufels.

«Wetten, daß Chavel daran dachte, als er die Schenkungsurkunde unterschrieb? Das ist vielleicht ein schlauer Teufel», lachte Carosse genüßlich. «Heute haben wir den neunzehnten. Ich wette, daß er nach diesem Erlaß nicht lange auf sich warten lassen wird.»

Der vordergründige Sinn seiner Worte prallte an Charlot ab: Er hörte dahinter die Stimme des Teufels, der ihn wie ein Truppenkommandant leutselig begrüßte: «Gut gemacht, Chavel», und ihn erfaßte eine

Woge des Glücks: Das war sein Zuhause, und hier gehörte er hin. Er sagte:

«Was haben Sie davon, Carosse, sich weiterhin als Chavel auszugeben? Sie selbst haben es ja gesagt: Chavel ist sicher schon auf dem Weg nach Hause.»

Carosse sagte: «Ich mag dich, alter Knabe. Du erinnerst mich an den guten alten Pidot. Aber ich sag dir was – wenn ich dieses Ding drehe, dann brauchst auch du dir nie mehr Gedanken wegen ein paar tausend Francs zu machen.»

Das Gras gehörte ihm, und er betrachtete es liebevoll: Vor dem Winter mußte es noch einmal geschnitten werden, und im kommenden Jahr würde er sich dem Garten dann wieder richtig widmen. Der zum Fluß abfallende Hang war mit Fußabdrücken übersät: Er erkannte die Abdrücke seiner eigenen, leichten Schuhe und die der breiten, schweren Galoschen des Priesters. Auf diesem Weg war Gott in das Haus eingezogen, und hier schien die irdische Welt plötzlich wieder zusammenzuwachsen, sich aus dem Nebel zu lösen und erneut in sein Gesichtsfeld zu treten. Er sah den fetten, triumphierenden Carosse wieder ganz klar, und er wußte nun genau, was er zu tun hatte. Diese Verordnung vom siebzehnten des Monats – selbst die Geschenke des Teufels waren zugleich immer auch Geschenke des Himmels. Niemals vermochte einem der Teufel ein Geschenk anzubieten, ohne daß Gott einem gleichzeitig die große Chance anbot, es abzulehnen. Nochmals fragte er: «Aber was haben Sie davon, Carosse?»

«Nun, wissen Sie», sagte Carosse, «Unterkunft zu finden, und sei es auch nur für einen einzigen Tag, bedeutet für einen Menschen wie mich schon einen Gewinn. Bald werden die Leute ja wieder zur Vernunft kommen, und dann werden auch wieder die Richtigen an die Macht gelangen. Vorderhand geht's darum, Unterschlupf zu finden.» Doch er konnte sich nicht verkneifen zu prahlen: «Das ist aber noch nicht alles, mein Freund. Was für ein Triumph, wenn ich sie noch vor Chavels Ankunft heirate! Ich bringe das fertig. Ich bin schließlich Carosse, der große Carosse. Sie kennen doch das Zitat aus Shakespeares *Richard III.*: ‹Ward je ein Weib in dieser Laun gefreit?› Und selbstverständlich lautet die Antwort: Ja. Ja, Charlot, ja.»

Seinen Gegner durch und durch zu kennen, ist immer ein Vorteil. Charlot fragte noch ein drittes Mal: «Wozu? Was haben Sie davon?»

«Ich brauche Geld, mein Lieber. Chavel kann sich nicht weigern, mit mir zu teilen. Das wäre denn doch zu niederträchtig, nachdem er den Bruder um sein Leben betrogen hat.»

«Und Sie glauben, daß ich dabei tatenlos zusehen werde? Sie sagten doch gestern abend, daß ich das Mädchen liebe.»

«Ach was!» Carosse fegte den Einwand vom Tisch. «So sehr lieben Sie sie nicht, mein Freund, daß Sie Ihre eigenen Chancen gefährden. Für diese Form der Liebe sind wir beide zu alt, Sie und ich. Schließlich gehen Sie, wenn Chavel zurückkehrt, leer aus, wenn dagegen mein Coup gelingt – nun ja, Sie wissen ja, daß ich großzügig bin.» Das stimmte: Er war großzügig. Diese Großzügigkeit war ein wesentlicher Bestandteil seiner Vulgarität. «Davon abgesehen», fügte er hinzu, «was bleibt mir anderes übrig? Sie haben ihr doch selbst gesagt, ich sei Chavel.»

«Sie vergessen, daß ich weiß, wer Sie sind: Carosse, der Kollaborateur – und Mörder.»

Die rechte Hand schob sich in die Manteltasche: Ein Finger tastete nach der Stelle, wo sich die Sicherung befand. «Für so gefährlich halten Sie mich?»

«Ja.» Charlot ließ die Hand nicht aus dem Auge. «Und noch etwas – ich weiß, wo Chavel ist.»

«Nämlich wo?»

«In allernächster Nähe. Und noch etwas. Schauen Sie mal dort zu den Feldern hinüber. Sehen Sie die Kirche?»

«Ja, natürlich.»

«Und etwas weiter rechts den von Feldern bedeckten Hügel dahinter?»

«Ja.»

«Im rechten oberen Eck sieht man einen Mann arbeiten.»

«Was hat es damit auf sich?»

«Aus dieser Entfernung sieht man nicht, wer es ist, aber ich kenne ihn. Es ist ein Bauer namens Roche, der Anführer der Widerstandsbewegung von St. Jean.»

«Na und?»

«Angenommen, ich ginge jetzt dort zu dem Hügel

hinüber und erzählte ihm, im Herrenhaus könne er Carosse finden – nicht nur Carosse, sondern überdies den Mörder eines Mannes namens Toupard.» Einen Augenblick lang dachte er, Carosse würde schießen: eine tollkühne Verzweiflungstat an einem so exponierten Ort. Der Nachhall des Schusses wäre bis weit in das gegenüberliegende Tal zu hören.

Aber er lächelte statt dessen. «Lieber Freund», sagte er, «wir beide, scheint es, sind untrennbar aneinander gebunden.»

«Dann haben Sie ja sicher nichts dagegen, wenn ich mit Ihnen zum Haus zurückkehre.» Charlot ging langsam auf ihn zu, wie auf einen Kettenhund.

«Aber die Dame hätte vielleicht etwas dagegen.»

«Ich bin sicher, die Dame wird sich ganz nach Ihnen richten.»

Unvermittelt freundlich kam die rechte Hand plötzlich aus der Tasche hervor und klopfte Charlot zweimal auf die Schulter. «Bravo, bravo», sagte Carosse, «ich habe mich geirrt. Wir werden gut zusammenarbeiten. Sie sind ein Mann nach meinem Herzen. Wenn wir es halbwegs geschickt anstellen, werden wir uns beide etwas abbeißen können, von dem Mädchen und auch von dem Geld.» Er schob seinen Arm unter den Arm Charlots und drängte ihn mit sanfter Gewalt heimwärts. Einmal noch blickte Charlot sich um nach Roches winziger Silhouette am gegenüberliegenden Abhang: Er erinnerte sich an die Zeit, als sie noch keine Feinde gewesen waren, an die Zeit vor der Erkrankung, die Roche so gehässig gemacht hatte... Die ferne kleine Gestalt machte kehrt und schritt hinter dem Pflug über das Feld.

Carosse kniff ihn in den rechten Arm. «Wenn dieser Chavel wirklich kommen sollte», sagte er, «werden wir ihm Widerstand leisten, Sie und ich. Und für den Fall, daß es zum Äußersten kommt, habe ich ja immer noch meinen Revolver, das wissen Sie doch.» Er kniff ihn abermals in den Arm. «Sie werden es auch nicht vergessen, nicht wahr?»

«Nein.»

«Sie müssen sich bei ihr für die Lügen entschuldigen, die Sie ihr erzählt haben. Die haben ihr sehr zu schaffen gemacht.»

«Welche Lügen?»

«Daß ihr Bruder morgens gestorben sei.»

Ein Sonnenstrahl, der von einem Fenster des Hauses zurückgeworfen wurde, blendete ihn. Er senkte die Augen und dachte: Was soll ich nur tun? Worauf habe ich mich da eingelassen?

17

In dieser Nacht starb Madame Mangeot. Der Priester war nochmals gerufen worden, und bis in sein Zimmer im obersten Stockwerk vernahm Charlot die Todesgeräusche – das Auf und Ab eiliger Schritte, das Klirren eines Glases, einen tropfenden Wasserhahn, flüsternde Stimmen. Seine Zimmertür öffnete sich, und Carosse steckte den Kopf herein. Er war in ein Zimmer eingezogen, das er als *sein* Schlafzimmer bezeichnete, aber fremden Leuten trachtete er aus dem Weg zu gehen.

Flüsternd sagte er: «Gott sei Dank ist es nun fast vorbei. Mir jagt so etwas die Gänsehaut über den Rücken.»

Der Tod ist nichts Privates: Es ist nicht alles damit zu Ende, daß ein Mensch zu atmen aufhört – Geflüster, Geklirr, das Knarren einer Diele, das Gurgeln von Wasser im Ablauf. Der Tod glich einer in aller Eile und ohne die nötige Assistenz durchgeführten Operation – oder der Geburt eines Kindes. Jeden Augenblick erwartete man, den Schrei des Neugeborenen zu hören, doch was man schließlich vernahm, war nichts als vollkommene Stille. Der Wasserhahn tropfte nicht mehr, das Klirren des Glases verstummte, die Dielen hörten auf zu knarren.

Carosse seufzte erleichtert auf. «Es ist vollbracht.» Sie lauschten beide wie Verschwörer. Er flüsterte: «Jetzt muß es sich entscheiden. Sie wird sich fragen, was sie tun soll. Allein kann sie hier nicht bleiben.»

«Ich muß den Priester nach Hause begleiten», sagte Charlot.

Der Priester zog in der Vorhalle eben seine Galoschen über. Auf dem Rückweg über die Felder fragte er barsch: «Sie verlassen uns jetzt?»

«Vielleicht.»

«Entweder müssen Sie das Haus verlassen, oder Mademoiselle Mangeot muß sich im Dorf einen Lebensgefährten suchen.»

Charlot irritierte die selbstverständliche Annahme

dieses Menschen, daß die unumstrittene Richtschnur aller menschlichen Handlungen die Sittlichkeit sei – oder nicht einmal Sittlichkeit, sondern nur die Vermeidung von Skandalen. Er sagte: «Es liegt an Mademoiselle Mangeot, das zu entscheiden.»

Am Rand des Dorfes blieben sie stehen. Der Pfarrer sagte: «Mademoiselle Mangeot ist eine junge Frau, die sehr leicht zu beeinflussen ist. Sie weiß noch sehr wenig vom Leben und ist sehr leichtgläubig.» Wie ein schwarzes Rufzeichen hob er sich gegen den grauen Morgenhimmel ab: Er strahlte ungeheure Arroganz und Sicherheit aus.

«Das würde ich nicht sagen. In Paris hat sie allerhand gesehen vom Leben. Sie ist kein Mädchen vom Land», setzte er boshaft hinzu.

«Man lernt», sagte der Priester, «das Leben an einem Ort nicht besser kennen als an einem anderen. Einem geschulten Beobachter oder einem begabten Menschenkenner genügt ein einziger Mensch in der Wüste, um das Leben kennenzulernen. Sie hat diese Gabe nicht.»

«Mir schien sie ein gerüttelt Maß an Gassenkinder-Weisheit zu besitzen.»

«Ich nehme an», sagte der Priester, «daß Sie sich nie die Mühe gemacht haben zu untersuchen, ob es sich dabei wirklich um Weisheit handelt?»

«Nein.»

«Schlauheit kann oft wie Weisheit aussehen, und Ahnungslosigkeit wie Schlauheit.»

«Was wollen Sie damit sagen – was werden Sie tun?»

«Sie sind ein wohlerzogener Mensch, Monsieur, und werden mir daher nicht erwidern, daß mich die Sache nichts angeht. Sie wissen, daß diese Sache mich sehr wohl etwas angeht. Weil ich aber sage, daß Sie gehen müssen, halten Sie mich für prüde. Hier geht es nicht um Prüderie, Monsieur, sondern um Erfahrung und Menschenkenntnis, die man fast unvermeidlich gewinnt, wenn man wie unsereiner tagtäglich Männern und Frauen zuhört, die einem erzählen, was sie getan haben und warum. Mademoiselle Mangeot befindet sich zur Zeit in einer Lage, in der jede Frau Gefahr läuft, eine Dummheit zu begehen. Allen Gefühlsregungen ist etwas gemeinsam. Die Menschen sind sich zwar meist bewußt, daß in jeder Lust auch Traurigkeit enthalten ist, weniger bewußt aber sind sie sich des Lustgefühls, das in der Traurigkeit liegt. Diesen Umstand werden Sie sich doch nicht zunutze machen wollen, Monsieur.»

An der häßlichen Kirche schlug die Uhr. Es war halb sieben: Um diese Stunde hatte er im Gefängnis den einzigen Versuch unternommen, seinen Handel rückgängig zu machen: Um diese Stunde hatte er erstmals im Dämmerlicht Janviers schlaflose Augen wahrnehmen können. Er sagte: «Vertrauen Sie mir, Pater. Ich will nur das Beste für Mademoiselle Mangeot.» Er machte kehrt und eilte raschen Schritts zum Haus zurück. Um diese Stunde war man fähig, klarzusehen...

Die unteren Räume lagen im Dunkeln, doch auf dem Treppenabsatz brannte ein Licht, und als er die

Vorhalle betrat, bewegte er sich so geräuschlos, daß keiner der beiden ihn kommen hörte. Sie standen reglos, wie Schauspieler vor der Kamera, die nur auf das Zeichen des Regisseurs warten, um mit dem Spiel zu beginnen. Ebensoviel Traurigkeit in der Lust wie Lust in der Trauer, hatte der Priester gesagt, es schien, als wollten die beiden ihm die eine Hälfte dieser Wahrheit vor Augen führen. Er fragte sich, was zuletzt geschehen war oder gesagt worden sein mochte, so daß sich nun auf der Wange des Mannes eine Unmutsfalte abzeichnete, und das Mädchen sich weinend und voll Verlangen zu ihm neigte.

«Können Sie mich nicht in Ruhe lassen?» flehte sie ihn an.

«Mademoiselle», schluchzte er, «Sie stehen jetzt allein in der Welt, so allein. Aber Sie brauchen nie mehr einsam zu sein. Sie haben mich einmal gehaßt, doch das ist nun vorbei. Jetzt können Sie endlich alle Ihre Sorgen vergessen.» Wie genau er das Spiel doch kennt, dachte Charlot: Dieser unverbesserliche Playboy verstand genau das anzubieten, wonach sich die meisten Menschen noch mehr sehnen als nach Liebe: Frieden. Seine Worte sprudelten wie Wasser – wie die Wasser des Lethestroms.

«Ich bin so müde.»

«Thérèse», sagte er, «jetzt kannst du dich ausruhen.»

Er schob seine Hand am Treppengeländer entlang und legte sie auf die ihre: Sie ließ ihn gewähren. Sie sagte: «Wenn ich nur wüßte, wem ich vertrauen kann.

Ich habe immer gedacht, daß ich Charlot trauen kann, aber er hat mich belogen über Michel.»

«Mir kannst du trauen», sagte Carosse, «denn ich habe dir selbst das Schlimmste nicht verschwiegen. Ich habe dir gesagt, wer ich bin.»

«Ja», sagte sie, «das stimmt schon.» Er rückte noch näher an sie heran. Charlot fand es unbegreiflich, daß seine Falschheit nicht so deutlich wahrnehmbar war wie Schwefelgestank, doch das Mädchen machte keinerlei Anstalten, sich ihm zu entziehen. Als er sie in die Arme nahm, ließ sie sich mit geschlossenen Augen fallen wie eine Selbstmörderin. Über ihre Schulter hinweg sah Carosse plötzlich Charlot unten stehen. Er lächelte triumphierend und blinzelte ihm verschwörerisch zu.

«Mademoiselle Mangeot», sagte Charlot. Das Mädchen machte sich los und sah verwirrt und schamerfüllt zu ihm hinab. Da erst wurde ihm bewußt, wie jung sie war, und wie alt sie beide waren. Er fühlte kein Verlangen mehr nach ihr, empfand nur noch eine unermeßliche Zärtlichkeit. Die Morgendämmerung ließ das Licht der Lampe auf dem Treppenabsatz allmählich verblassen, und in dem grauen Zwielicht sah sie aus wie ein erschöpftes Kind, das durch ein allzu langes Fest vom Schlafen abgehalten worden ist.

«Ich wußte gar nicht, daß Sie da sind», sagte sie. «Wie lange...»

Carosse beobachtete ihn aufmerksam. Er ließ seine rechte Hand von der Schulter des Mädchens gleiten und schob sie in die Jackentasche. In munterem Ton rief er ihm zu: «Nun, mein lieber Charlot, haben Sie den Priester heil nach Hause gebracht?»

«Mein Name», sagte unten in der Halle Charlot, und seine Worte waren an Thérèse Mangeot gerichtet, «ist nicht Charlot. Ich bin Jean-Louis Chavel.»

18

HEISER rief Carosse hinab: «Sie sind ja wahnsinnig», doch Chavel sprach, zu dem Mädchen gewandt, ruhig weiter. «Dieser Mann ist ein Schauspieler namens Carosse. Sie haben wahrscheinlich schon von ihm gehört. Er wird von der Polizei gesucht – als Kollaborateur und Mörder eines Mannes namens Toupard.»

«Sie sind verrückt.»

«Ich kenn mich nicht mehr aus», sagte das Mädchen und strich sich eine feuchte Haarsträhne aus der Stirn. Sie sagte: «So viele Lügen. Wer da lügt, weiß ich nicht. Wieso haben Sie gesagt, daß Sie ihn wiedererkennen?»

«Ja, erklären Sie uns das», rief Carosse triumphierend.

«Ich habe nicht gewagt, Ihnen zu sagen, wer ich bin, weil ich wußte, wie sehr Sie mich hassen. Als er dann kam, glaubte ich, die Chance zu haben, mich meiner Identität für immer zu entledigen. Der ganze Haß sollte auf ihn fallen.»

«Was für ein Lügner Sie doch sind», höhnte Carosse über das Treppengeländer. Seite an Seite standen sie über ihm, und zu seinem Entsetzen kam ihm plötzlich zu Bewußtsein, daß er vielleicht zu spät gekommen war: Hier ging es vielleicht nicht bloß um die Lust in der Trauer, von der der Priester gesprochen hatte, sondern um wahre Liebe, die den Betrüger Carosse ebenso bereitwillig hinnehmen würde, wie sie den Feigling Chavel hingenommen hatte. Er hatte nur noch den einen Wunsch, eine unüberwindliche Schranke zwischen den beiden zu errichten – egal, um welchen Preis, dachte er, egal, um welchen Preis.

Carosse sagte: «Am besten, Sie räumen das Feld und gehen. Sie werden hier nicht mehr gebraucht.»

«Dieses Haus gehört Mademoiselle Mangeot, lassen Sie sie zu Wort kommen.»

«Sie sind ein Betrüger.» Carosse legte seine Hand auf den Arm des Mädchens und sagte: «Gestern kam er zu mir, um mir zu sagen, daß dieses Haus in Wirklichkeit mir gehört: daß durch irgendeinen Erlaß oder was weiß ich, die Besitzveränderungen aus der Besatzungszeit rechtsungültig geworden seien. Als würde ich aus solchen Spitzfindigkeiten Vorteil ziehen wollen.»

Chavel sagte: «Als kleiner Junge habe ich in diesem Haus ein Spiel erfunden. Ich spielte es immer mit einem Freund auf der anderen Talseite.»

«Wovon, um alles in der Welt, reden Sie?»

«Nur Geduld. Sie werden sehen, es ist eine interessante Geschichte. Ich benutzte eine Taschenlampe wie diese hier oder eine Kerze oder, an sonnigen Tagen, einen Spiegel – und sendete damit eine Botschaft, so wie jetzt durch diese Tür hier. Manchmal lautete sie nur ‹heute geht's nicht›.»

Mit angstvollem Unterton fragte Carosse: «Und was blinken Sie jetzt gerade?»

«Diese Botschaft bedeutete immer: ‹Hilfe, die Rothäute kommen›.»

«O Gott», sagte das Mädchen, «ich verstehe dieses ganze Gerede überhaupt nicht.»

«Der besagte Freund wohnt immer noch auf der anderen Talseite – auch wenn wir keine Freunde mehr sind. Um diese Zeit geht er immer zu seinen Kühen hinaus. Wenn er dieses Licht sieht, dann weiß er, Chavel ist zurückgekehrt. ‹Die Rothäute kommen›, wird er entziffern. Kein Mensch außer ihm würde diese Botschaft verstehen.» Er sah, wie Carosse in der Tasche die Faust ballte: Es genügte nicht, diesen Mann als Lügner zu entlarven. Er war imstande, sogar eine Lüge in romantischem Licht erscheinen zu lassen. Die unüberwindliche Schranke galt es zu errichten.

Thérèse sagte: «Sie meinen, wenn er kommt, so beweist das, daß Sie Chavel sind?»

«Ja.»

«Er wird nicht kommen», sagte Carosse sichtlich unbehaglich.

«Kommt er nicht, so gibt es andere Beweismöglichkeiten.»

«Wer ist Ihr Freund?» fragte Thérèse, und er merkte, daß sie ‹Ihr Freund› so sagte, als wäre sie schon halb und halb überzeugt.

«Der Bauer Roche, der Anführer der örtlichen Widerstandsbewegung.»

Das Mädchen sagte: «Aber der hat Sie doch schon gesehen, auf dem Weg nach Brinac.»

«Er hat nicht genau hingesehen. Ich habe mich sehr verändert, Mademoiselle.» Er nahm wieder die Taschenlampe zur Hand und stellte sich neben die Eingangstür. Er sagte: «Das muß er sehen. Er ist wahrscheinlich gerade im Hof – oder auf dem Feld.»

«Fort mit dieser Taschenlampe», schrie Carosse ihn an.

Für Chavel war das der Augenblick des Triumphs.

Die Vorstellung war zu Ende: Der Schauspieler sah aus wie unter der Folter: Trotz der kalten Morgenluft stand ihm der Schweiß auf der Stirn.

Die Jackentasche im Auge behaltend, schüttelte Chavel den Kopf, und sein Körper erstarrte in Erwartung des Schmerzes.

«Fort damit.»

«Weshalb?»

«Mademoiselle», flehte Carosse, «jeder Mensch hat das Recht, um sein Leben zu kämpfen. Sagen Sie ihm, er soll die Taschenlampe wegwerfen, oder ich schieße.»

«Dann sind Sie also doch ein Mörder?»

«Mademoiselle», sagte er mit absurder Aufrichtigkeit, «es herrscht doch Krieg.»

Rückwärts am Geländer entlang gehend, entfernte er sich von ihr, zog den Revolver aus der Tasche und zielte abwechselnd einmal auf sie, dann auf ihn: Sie waren verbunden durch die Revolvermündung. «Fort mit der Taschenlampe.»

Eine Uhr im Dorf begann sieben zu schlagen: Charlot ließ die Taschenlampe sinken und zählte die Schläge: Es schlug die Stunde des Aschenpfades und der nackten Mauer, die Todesstunde des anderen Mannes. Ihm schien, als hätte er viel Mühsal auf sich geladen, nur um einen unentrinnbaren Moment hinauszuschieben. Carosse mißdeutete sein Zögern: Er wurde anmaßend: «Lassen Sie auf der Stelle die Taschenlampe fallen und entfernen Sie sich von der Tür.» Doch Chavel hob die Lampe hoch und sendete seine Blinksignale – kurz-lang-kurz und wieder lang.

Carosse feuerte zweimal rasch hintereinander. In seiner Aufregung schoß er beim erstenmal weit daneben und zerschmetterte das Glas eines Bildes. Beim zweiten Schuß fiel die Taschenlampe auf den Boden der Halle, wo sie einen kleinen Lichtpfad zur Tür hin warf. Chavels Gesichtszüge krampften sich vor Schmerz zusammen. Wie von einem Faustschlag getroffen, taumelte er rücklings gegen die Wand, dann ging der akute Schmerz vorüber: Eine Blinddarmentzündung hatte ihm schon weit schlimmere Schmerzen bereitet. Als er aufsah, war Carosse verschwunden, und das Mädchen stand vor ihm.

«Sind Sie verletzt?»

«Nein», sagte er. «Sehen Sie dort das Bild. Er hat mich nicht getroffen.» Die zwei Schüsse waren zu rasch aufeinander gefolgt, als daß sie sie hätte unterscheiden können. Er wollte sie nicht mehr in seiner Nähe haben, wenn etwas Abstoßendes passierte. Behutsam machte er ein paar Schritte bis zu einem Sessel und setzte sich. Es konnte nur noch wenige Augenblicke dauern, bis der Blutfleck durchsickerte. Er sagte:

«Das ist vorüber. Er wird nicht wagen, jemals wiederzukommen.»

Sie sagte: «Und Sie sind wirklich Chavel?»

«Ja.»

«Aber das mit der Botschaft war auch wieder eine Lüge, nicht wahr? Sie haben jedesmal was anderes geblinkt.»

«Auch wieder eine Lüge, ja», sagte er. «Ich wollte, daß er schießt. Jetzt kann er nicht mehr zurückkommen. Er glaubt, daß er mich umgelegt hat wie... wie...» Der Name des anderen Mannes fiel ihm nicht mehr ein. Die Hitze in der Halle erschien ihm ganz ungewöhnlich für diese frühe Tageszeit; Schweißtropfen rannen ihm über die Stirn wie Quecksilberperlen. Er sagte: «Er wird nicht nach St. Jean, sondern in die entgegengesetzte Richtung gegangen sein. Laufen Sie ins Dorf und bitten Sie den Priester, Ihnen zu helfen. Auch Roche kann Ihnen nützlich sein. Vergessen Sie nicht, es handelt sich um den Schauspieler Carosse.»

Sie sagte: «Sie sind aber doch verletzt.»

«Ach, nein. Mich hat nur ein Querschläger von der Wand getroffen, mehr nicht. Ich habe nur einen leichten Schock davongetragen. Bringen Sie mir bitte Papier und Bleistift. Während Sie zur Polizei gehen, schreibe ich einen Bericht über das Ganze.» Sie brachte ihm das Verlangte und stand damit verwirrt und befangen vor ihm. Er fürchtete, ohnmächtig zu werden, noch ehe sie fort war. Sanft sagte er: «Sie fühlen sich doch jetzt wohler, nicht wahr? Ihre Haßgefühle haben Sie überwunden?»

«Ja.»

«Das ist gut», sagte er, «sehr gut.» Von seiner Liebe war nichts mehr übrig – Begierde war zu einem bedeutungslosen Begriff geworden: Er empfand nur noch ein gewisses Mitleid, Zärtlichkeit und die milde Anteilnahme, die fremdes Unglück bisweilen in einem hervorruft. «Jetzt kann Ihnen nichts mehr passieren», sagte er. «Laufen Sie nur», setzte er ein wenig ungeduldig hinzu, als spräche er zu einem Kind.

«Ist mit Ihnen alles in Ordnung?» fragte sie besorgt.

«Ja, ja.»

Kaum war sie gegangen, begann er zu schreiben: Er wollte alles schriftlich festhalten: Aus dem Berufsinstinkt des Anwalts heraus wünschte er einen sauberen Schlußstrich zu setzen. Gerne hätte er den genauen Wortlaut der Verordnung gewußt, doch es war kaum wahrscheinlich, daß die ursprüngliche Überschreibung außer Kraft gesetzt werden konnte, ohne daß einer der Vertragspartner sie anfocht. Die Erklärung, die er nun zu Papier brachte: ‹Ich übertrage alles, was ich bei meinem Tod hinterlasse› war nur ein Beweis für seine Absicht, den Vertrag nicht anzufechten – die Erklärung selbst war nicht rechtskräftig: Er hatte keinen Zeugen. Das Blut aus der Bauchwunde rann nun an seinem Schenkel hinab. Ein Glück, daß das Mädchen nicht mehr anwesend war. Wie Wasser kühlte das fließende Blut sein Fieber. Er blickte kurz um sich: Durch die geöffnete Tür strömte das wiederkehrende Tageslicht über die Felder herein: Es war ein seltsam befriedigendes Gefühl, in seinem eigenen Haus allein zu sterben. Es war, als besäße man das, was die Augen sehen, nur in seiner Todesstunde. Armer Janvier, dachte er – der Aschenpfad. Er setzte zur Unterschrift an, doch noch ehe er seinen Namen fertiggeschrieben hatte, fühlte er das aus seiner Wunde hervorquellende Wasser zu einem unermeßlichen Strom anwachsen: einem Wasserfall: einer Flut des Friedens.

Neben ihm auf dem Boden lag das Papier, bedeckt mit beinahe unleserlichen Schriftzügen. Er sollte nie mehr erfahren, daß seine Unterschrift nur Jean-Louis Ch… lautete, was natürlich ebensogut für Charlot wie für Chavel stehen konnte. Eine ausgleichende Gerechtigkeit sorgte dafür, daß seine Ruhe nicht mehr gestört wurde. Selbst das ordnungsbesessene Gewissen eines Anwalts durfte ruhen in Frieden.

Graham Greene

Das Attentat
Roman (1928)

Orientexpress
Roman (1979)

Kleines Herz in Not (4051)

Jagd im Nebel
Roman (4093)

Zwiespalt der Seele
Roman (4177)

Am Abgrund des Lebens
(4249)

Lord Rochesters Affe
(4307)

Ein ausgebrannter Fall
Roman (4329)

Der menschliche Faktor
(4693)

Erzählungen
(4749)

Dr. Fischer aus Genf oder Die Bombenparty
(5051)

Fluchtwege
(5285)

Das Herz aller Dinge
Roman (5450)

Monsignore Quijote
(5453)

Gespräche mit Marie-Françoise Allain
(5613)

Lawrence Durrell

Nunquam
Roman. Deutsch von Susanne Lepsius.
336 Seiten. Gebunden

Das Alexandria-Quartett
Justine, Balthazar, Mountolive, Clea.
Deutsch von Maria Carlsson, Gerda v. Uslar und Walter Schürenberg. 900 Seiten. Gebunden

Tunc
Roman. Deutsch von Susanne Lepsius.
352 Seiten. Gebunden

Justine
Roman. rororo 710

Balthazar
Roman. rororo 724

Mountolive
Roman. rororo 737

Clea
Roman. rororo 746

Bittere Limonen
Erlebtes Cypern. rororo 993

Schwarze Oliven
Korfu – Insel der Phäaken. rororo 1102

Leuchtende Orangen
Rhodos – Insel des Helios. rororo 1045

Griechische Inseln
Deutsch von Edwin Ortmann. 286 Seiten mit 32 Vierfarbtafeln und 46 Schwarzweißfotos. Gebunden

rororo

C 36/32